U0943152

薛丁山征西

中国古典小说 青少版

朱传誉 改写
陈士侯 插图

人民文学出版社

图书在版编目(CIP)数据

薛丁山征西/朱传誉改写.
—北京:人民文学出版社,2011
(中国古典小说:青少版)
ISBN 978-7-02-008766-2

Ⅰ.①薛… Ⅱ.①朱… Ⅲ.①章回小说-中国-清代-缩写 Ⅳ.①I242.4

中国版本图书馆 CIP 数据核字(2011)第 208013 号

总 策 划:黄育海
责任编辑:周绚隆
选题策划:韩伟国 蔡 耘
装帧设计:董红红 高静芳
图片编辑:贺霹雳 汪佳诗

出版发行 人民文学出版社
社　　址 北京市朝内大街 166 号
邮政编码 100705
网　　址 http://www.rw-cn.com
印　　制 山东新华印刷厂德州厂
经　　销 全国新华书店等
字　　数 124 千字
开　　本 890×1240 毫米 1/32
印　　张 7.5 插页 3
版　　次 2012 年 1 月北京第 1 版
印　　次 2012 年 1 月第 1 次印刷
书　　号 978-7-02-008766-2
定　　价 21.00 元

如有印装质量问题,请与本社图书销售中心调换 电话:010-65233595

| 序 |

经典的触摸

◎梅子涵

著名儿童文学作家 上海师范大学教授

有很多经典文学一个人小的时候不适合读，读了也不是很懂；可是如果不读，到了长大，忙碌于生活和社会，忙碌于利益掂记和琐细心情的翻腾，想读也很难把书捧起。所以做个简读本，收拾掉一些太细致的叙述和不适合的内容，让他们不困难地读得兴致勃勃，这就特别需要。

二百多年前，英国的兰姆姐弟就成功地做过这件事。他们把莎士比亚的戏剧改写成给儿童阅读的故事，让莎士比亚从剧院的台上走到儿童面前，使年幼也可以亲近。后来又有人更简化、生动地把莎士比亚的戏做成鲜艳图画书，儿童更是欢喜得拥抱。

二十年前，我也主编过世界经典文学的改写本，55 本。也是给儿童和少年阅读。按照世界的统一说法，少年也属于儿童。

我确信这是一件很值得做的事情，而且可以做好。最要紧的是要挑选好改写者，他们要有很好的文学修养和对儿童的认识，心里还留着天然的儿童趣味和语句，举重若轻而不是呲牙咧嘴，该闪过的会闪过，整个故事却又夯紧地能放在记忆中。

这也许正成为一座桥，他们走过了，在年龄增添后，很顺理地捏着这票根，径直踏进对岸的经典大树林，大花园，而不必再文盲般地东打听西问讯，在回味里读到年少时被简略的文字和场面，他们如果已经从成长中获得了智慧，那么他们不会责怪那些简略，反倒是感谢，因为如果不是那些简略和清晰让他们年幼能够阅读得通畅、快活，那么今天也未必会踏进这大树林、大花园，没有记忆，便会没有方向。

即便长大后，终因无穷理由使一个从前的孩子没有机会常来经典里阅读，那么年幼时的简略经典也可以是他的永恒故事，担负着生命的回味和养育，简略的经典毕竟还是触摸着经典的。

我很愿意为这一套的“经典触摸”热情推荐。

这套书的改写者里有很杰出的文学家，所以他们的简略也很杰出。不是用笔在简单划去，而是进行着艺术收拾和改写。

杰出的笔是可以让经典照样经典的。

导读

樊梨花移山倒海大破群妖

在正史里，有薛仁贵的传记，也有薛丁山的传记，不过，他在正史里不叫薛丁山，而叫薛讷。据正史记载，他的经历大致是：最初担任蓝田的县令，后来突厥入侵，武后知道他是薛仁贵的儿子，任命他为左武威将军、安东道经略，镇守边疆，立了不少的战功。开元二年，他奉命带兵去打契丹，全军覆没，只身逃了回来，被政府革职，连爵位都没了，成了一个普通的老百姓。后来吐蕃侵略临洮，他又被任命为陇右防御使，打退敌人，被封为左羽林军大将军，后来又被封为平阳郡公，死后追谥昭定。正史对他一生的评语只有“沉勇寡言，临大敌而益壮”几个字。

从上一段记载看，可以知道薛丁山也是唐朝的一个大将，不过，跟通俗小说《薛丁山征西》里所描写的出入太大了。就拿时代背景来说，薛讷是武则天一手提拔的，但是通俗小说里的薛丁山，却是唐高宗时的名将，死在武则天的手里。

严格讲起来，这本书实在不能叫《薛丁山征西》，而应该叫《樊梨花征西》，因为最初担任征西元帅的是薛仁贵，薛仁贵死后，就由樊梨花担任。作者描写樊梨花的地方，比描写薛丁山的还多。作者本来是想让薛丁山担任主角，但是到后来，却把他变成了一个二三等的配角。也正是因为这个原因，樊梨花在民间的名气比薛丁山还要大。尤其是“樊梨花三难薛丁山”的一段故事，更是家喻户晓！

旧小说的作者，在不能顺利发展故事的情节时，往往乞灵于神怪，本书也是如此，因此越到后头，神怪的色彩越浓。并且，字里行间，似是脱胎于《封神传》。读者不妨把本书当作神话看，如果当作历史小说来读，就不免要失望了。

朱传誉

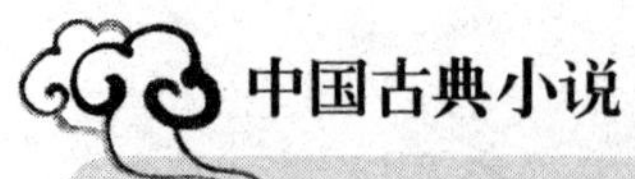

薛丁山征西

⊙ 薛丁山

是薛仁贵的儿子，从小就跟王敖老祖学道，唐太宗被围困在锁阳城，薛仁贵受伤，他奉命下山，被任命为二路征西元帅，领兵去西凉，救唐太宗和他的父亲。平西回国以后，他被封为两辽王。

⊙ 樊梨花

是梨山老母的徒弟，道法很高，她因为爱上了薛丁山，劝她的父亲投降大唐，她父亲用剑杀她，脚一滑，跌在她的剑尖上死了。她的两个哥哥又来杀她，也被她所杀。由于这个缘故，薛丁山不肯要她，但是经过几次挫折以后，双方终于和好。薛仁贵死了，她被任命为征西元帅。因为她的功劳特别大，唐高宗加封她为威宁侯。

人物介绍

⊙ 薛金莲

是薛仁贵的女儿、薛丁山的妹妹，桃花圣母的徒弟，法术也很高强，跟薛丁山一起征西，后来嫁给矮将窦一虎，平定西番以后，跟窦一虎一起镇守白虎关。

⊙ 窦一虎

是王禅老祖的徒弟，个儿很矮，会地行术，一遇危险，就钻进地下，在征西中为唐营做了不少谍报工作，功劳很大，后来被封为镇国侯，镇守白虎关。

⊙ 秦汉

也是王禅老祖的徒弟，也是个矮子，他不但会入地，还能飞天，和窦一虎是师兄弟，也是老搭档，功劳不小，后来被封为定西侯，他却不愿做官，回山上修道去了。

⊙ 苏宝同

是西凉国的元帅，李道符的徒弟，不但法术很高，而且炼了很多飞刀、飞镖。他为了给父亲、祖父报仇，派人到大唐下战书，引起了两国的战争，最后兵败自杀。

薛丁山征西

薛仁贵坐牢三年 1
尉迟恭鞭断人亡 13
苏宝同下战书 19
征西将连取三关 26
苏宝同一打锁阳城 29
苏宝同再打锁阳城 35
薛丁山领兵救父 38
罗通盘肠大战番将 46
苏宝同化虹逃走 50
薛丁山父子重逢 54
苏宝同三打锁阳城 57
薛丁山破铁板道人 67
樊梨花移山倒海 73
薛丁山身陷烈焰阵 85
程咬金三请樊梨花 92
薛仁贵中箭归天 100
樊梨花三难薛丁山 106

目录

樊梨花大破白虎关 118
沙江关除龙蟹两怪 122
凤凰山灵符破宝伞 129
麒麟山收龟蛇二将 135
樊梨花大破金光阵 140
窦一虎偷仙剑被抓 151
二郎神大战野熊精 161
摄魂铃活抓花伯赖 169
五龙公主摆五龙阵 178
窦一虎借芭蕉扇 182
红孩儿大破五龙阵 189
樊梨花兵打玉龙关 196
妖仙大战樊梨花 203
金壁风怒摆诸仙阵 211
老祖大破诸仙阵 215
薛丁山胜利班师 221

薛仁贵坐牢三年

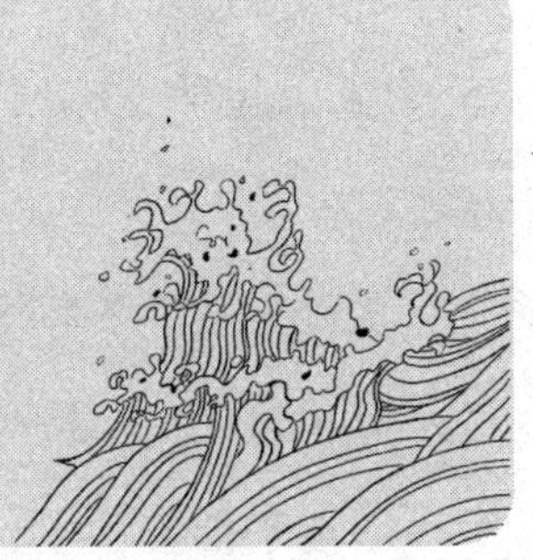

薛仁贵被派去镇守山西以后，唐太宗常常赏赐珍宝给他，对他很看重。

皇叔成亲王李道宗，见薛仁贵的权势越来越大，就打算把女儿嫁给他。可是他的妃子张美人跟薛仁贵有仇。因为张美人是张士贵的女儿，张士贵父子想害薛仁贵，反而被杀。

李道宗知道张美人恨透了薛仁贵，打算先跟她商量，劝一劝她。

一天，张美人见了李道宗，又哭着要他给她报仇，想办法杀薛仁贵。

李道宗说："我知道，可是现在皇上很看重他，左丞相魏征、鲁国公程咬金都在朝，他们都帮着薛仁贵，皇上又听他们的话，所以我暂时还想不出适当的办法对付他。我有件心事，想跟你商量一下。鸾凤今年已经十七岁了，我还没有替她找到合适的对象。我想把她嫁给薛仁贵，让薛仁贵跟他妻子离婚。如果他不答应，就说他欺骗亲王、强逼郡主、私进长安，这样就可以收拾他了。”

张美人虽然不同意李道宗这个办法，可是她不敢反对，就说：“等我跟张仁商量商量看，他的主意很多。”

李道宗带了手下，出城打猎去了。张美人派人把张仁叫了去，跟他商量这件事。张仁是张美人陪嫁过来的，很受张美人的信任。他想了一会儿，想出了一个办法，告诉张美人。张美人觉得这办法不错，就让他向李道宗报告一下。

那天下午，成亲王回来，张美人要他跟张仁商量一下。成亲王就派人去叫张仁。

张仁见了成亲王，说：“千岁要把郡主嫁给薛仁贵，他已经有了两个妻子，一定不会答应。最好传一道旨意，骗他来长安，我再约他来这儿。如果他不听话，就用酒把他灌醉，然后王爷报告皇上，说他私进长安，闯进王府，想造反。到那时候，不管他有多大的本事，都逃不了一死了，王爷看这办法怎么样？”

成亲王认为这主意很好，第二天就派人去山西。

薛仁贵在山西过了一年安静的日子，一天正坐在大殿上，忽然有人来报告，说有圣旨来。他赶紧敞开大门迎接。

使者上殿宣读了圣旨，大意是：我很想念你。最近有病，很想见你一面，你赶紧来长安。

薛仁贵一面招待使者，一面向他打听京都里的事情。使者说："前些时候，皇上的病很重，最近已经稍好了一点。你去了以后，他还有话跟你讲。"

薛仁贵不敢多耽搁，就向王茂生交代了一番，立刻跟使者动身。

这使者就是张仁假扮的，到了长安府，他带薛仁贵到成亲王的王府里。

成亲王摆了大酒席招待薛仁贵，说准备跟他一起去见皇上。没想到他故意给薛仁贵喝烈酒。不一会儿，薛仁贵就被灌醉，躺在地上。

成亲王让人把薛仁贵绑起来，准备第二天去见皇上，说他私进长安、闯进王府、行刺亲王。

张美人说："这样不妥当。如果皇上问他为什么私进长安，他说是奉圣旨来的。使者和圣旨都是假的，皇上一追究，问题就大了。何况程咬金他们一定会帮他说话，到那时候，我们不但害不了他，恐怕害的反而是自己。"

成亲王一听，不禁愣住了，着急地说："你怎么不早点说呢！现在怎么办？"

"还是让张仁想想办法。"张美人说。

张仁早就跟张美人算计好了，立刻接口道："我倒是想了一个办法，不知道行不行？"

成亲王问是什么办法，张仁就低声向他讲了几句话，他听了最初直摇头，但是到最后，不得已地说："实在没有别的办法，就这么办吧！"

薛仁贵立刻就被抬进了翠云宫郡主房间的床上。郡主鸾凤见了自然很生气，就一头撞死在房间里。

李道宗听说女儿自杀，不禁流着眼泪说："我本来是为女儿好，没想到反而害了她。薛仁贵这坏蛋，我绝不放过他。"立刻派人把薛仁贵送到廷尉司去审问。

廷尉司巴结成亲王，用重刑拷打薛仁贵，薛仁贵因为喝醉了酒，始终昏睡不醒。

这件事情被秦怀玉知道了，立刻派人去廷尉司，不许他们对薛仁贵用刑。廷尉司也怕驸马，只好暂时把薛仁贵关到牢里去。

第二天，上朝的时候，李道宗向唐太宗报告："我只有一个女儿，叫鸾凤。没想到薛仁贵昨天私进长安，闯进我家里，我好意招待他，他却要我把女儿嫁给他，我不答应，他就到我女儿房间里，强逼她。我女儿不肯，他就拿起桌上的砚台，把她打死，现在我女儿的尸首还没有下葬呢。"

唐太宗听了，气得大声叫道："这还得了，他竟敢私进长安，闯进王府，打死我的堂妹。”立刻令人去把薛仁贵绑来杀了。

廷尉司的人把薛仁贵绑了，送到午门口，薛仁贵仍旧没有醒。大家不知道李道宗说的是真是假，见皇上气成这样子，谁也不敢开口。

眼看着薛仁贵被推出午门去了，尉迟宝林兄弟望了望皇上，见他的脸色铁青，都不敢给薛仁贵说情，最后还是程咬金出来，大声喊：“刀下留人。”推薛仁贵的人只好站住。

程咬金赶紧跪下，对唐太宗说：“薛仁贵征东的功劳很大，陛下应该派人详细地问他一下，不能就这样杀他。”尉迟兄弟、秦怀玉他们也都跪下，给薛仁贵求情。

唐太宗说：“你们现在就去问一问他。”

秦怀玉他们就去午门前问薛仁贵，但是薛仁贵还没有清醒过来，秦怀玉他们只好回到殿上，说薛仁贵已经被打坏，不能说话。

唐太宗冷笑着说：“他犯了这么大的罪，杀了他都不够，你们还保他做什么！”

程咬金看这情形，知道要教皇上赦免薛仁贵已经不可能，就说道：“陛下，薛仁贵征东的时候，在一百天以内救了您，又赶回长安救了太子。您即使不肯饶他，也不能马上杀了他。希望您看在他救驾的功劳上，暂时把他关在天牢里，等过了一百天以后再杀他。”

唐太宗听了，说：“就这样吧，以后谁也不许再给他求情，否则我连求情的人也杀。”就下令把薛仁贵关到天牢里去。薛仁贵进了天牢，不一会儿就醒了过来，觉得浑身疼得很厉害，并且发现自己是在牢里，觉得很奇怪，就问狱卒是怎么回事。狱卒把经过情形告诉他，他听了直叹气，不知道李道宗为什么要害他。

秦怀玉、尉迟宝林他们一出了午门，就去程咬金家里，商量救薛仁贵的办法。

程咬金对他们说：“你们先到牢里去探望，等到皇上回心转意的时候才能救他。”于是秦怀玉跟尉迟宝林就去天牢看薛仁贵。

看牢的人见是驸马，只好开门，放他们进去。两个人见薛仁贵上了手铐脚镣，都很伤心，问他究竟是怎么回事。薛仁贵就把奉圣旨进京，成亲王请他喝酒的事情，讲了一遍。

秦怀玉说：“薛大哥，你上了李道宗的当了。他有一个妃子是张士贵的女儿。他明明是给他的妃子报仇，故意做成了圈套害你。没想到他竟狠心逼死自己的女儿，说是你打死的，皇上自然很生气，所以不肯饶你。程叔叔向皇上求情，皇上答应暂时关你一百天。到时候我们再想办法救你。”

薛仁贵听了，又气又难过，谢了两个人，两个人安慰了他一番以后就走了。张仁听说秦怀玉去牢里看薛仁贵，就去报告李道宗，李道宗很生气，立刻去报告唐太宗。唐太宗下令，不许任何人去牢里看薛仁贵，否则就要受到跟薛仁贵一样的处分。

秦怀玉他们没有办法，只好派人暗地里送饭到牢里去给薛仁贵。

没想到这又被李道宗知道了，他问张仁有什么办法，张仁说："薛仁贵的朋友很多，并且都有势力，恐怕看牢的不敢拒绝，除非王爷亲自去守住牢门，不让人送饭，最多十天，就可以饿死他了。他一顿要吃一斗米的饭，不要说是十天，恐怕饿三天他都吃不消。"

李道宗听了很高兴，第二天就带了家将去守住牢门。

秦怀玉、罗通、尉迟宝林知道了这件事，都很着急，大家都在秦怀玉家里商量办法。商量了半天也没有结果。就在这时候，忽然进来了一个约八九岁的小孩儿，向大家说："各位伯父、叔叔，我有一个办法可以救薛伯伯，不让他挨饿……"他还没有说完，秦怀玉就骂道："你懂得什么，别在这儿胡说，还不快走！"

他却不走，对秦怀玉说："爹，您不听我的，就救不了薛伯伯！"说完就到后头去了。

罗通问这小孩子是谁，秦怀玉说："不瞒各位兄弟，我本来有两个孩子，一个叫秦汉，三岁的时候，在后花园玩儿，被一阵大风刮走，到现在都下落不明。刚才来的一个叫秦梦，今年八岁。他对各位没有礼貌，请原谅我管教不严。”

大家都称赞秦梦，接着又商量了一会儿救薛仁贵的事，但是仍然没有结果，只好各自回家。

秦梦见他父亲不听他的，就到后门，让家将去请各府的小公子来。罗章、尉迟青山、程忠、段仁等，一共有十多个，都跟秦梦差不多大，平日常跟秦梦在一起玩儿，听说秦梦请他们，立刻到秦府后门，问秦梦去哪儿玩儿。秦梦说：“我有一件事，要请你们帮忙。”就把薛仁贵被害的事情讲了一遍，然后说，“我们不管成亲王是什么皇叔不皇叔的，一起揍他一顿。”

大家听说去揍人，都很高兴，就都留下家将，一起去牢门口。

李道宗见来了一大堆小孩，就令家将把他们赶开。没想到这些小英雄，见一个打一个，把那些家将打得鼻青脸肿，都没命地跑了。李道宗也被秦梦一把揪住，打了几个耳光，拉掉了一半胡须，跌倒在地上，直叫饶命。

罗章他们则把李道宗的轿伞撕得粉碎，然后一起走了。

李道宗爬起来，觉得浑身疼得不得了，好不容易找到家将，让他们扶他回家。回到王府以后，他跟张仁说：“领头打我的是秦怀玉的儿子，明天去报告皇上，看秦怀玉怎么说。”

秦梦打了李道宗以后，回到后门，知道自己闯的祸不小，就

想了一个对付的办法，故意用拳头往自己的鼻子一捶，然后拿三角尖的小石头把额角划破，弄得满脸是血。他假装大哭着跑进房里，见了公主就倒在地上。公主吓坏了，问是被谁打的。

秦梦哭着说："娘，今天我经过天牢门口的时候，看见皇叔把守门口，不让人送饭给薛伯伯吃。我一时好奇，在门口张望了一下，没想到他让家将把我打成这样子。"

公主听了，气得不得了，立刻带了秦梦进宫去见她母亲长孙娘娘，把秦梦受欺侮的经过讲了一遍，最后说："娘，我就这么一个儿子，他祖父、父亲对国家的贡献很大，凭什么皇叔要欺侮他，如果他死了，我要皇叔偿命。"说完就让秦梦拜见娘娘。

秦梦见了皇后，故意大哭。娘娘见外孙被打成这样子，也很心疼，劝他说："孙儿不要难过，婆婆一定给你想办法。"

就在这时候，唐太宗来了，见女儿跟外孙都在，问有什么事。公主说："父皇，您的外孙被人打伤了，所以我来向您报告。"

唐太宗说："我的外孙谁敢打！"

公主让秦梦朝见外公。秦梦向唐太宗磕过头以后，哭着说："孙儿今天出去玩儿，偶然经过天牢门口，听说薛伯伯被关在里头，想到门口去瞧瞧。没想到成亲王把守住牢门，不让人送饭给薛伯伯吃，他一见到我，就叫家人打我，并且说要杀了我，幸亏我逃得快才能逃回来。"

唐太宗见他额上果然有伤，但是仍旧不相信地说："一定是你先找麻烦的。"

公主在一旁说："他才八岁，难道是他打了皇叔不成！"皇后也在旁边帮着说话。唐太宗只好说："好，等明天我查清楚再说。"

第二天早上，李道宗向唐太宗报告，说秦怀玉教儿子打他。唐太宗因为已经听公主和秦梦讲过，就问："皇叔，你在哪儿挨打的，他才八岁，怎么打得了你呢？"

李道宗说："我是经过天牢的时候被他打的。"

"他怎么会无缘无故打你呢？"唐太宗说，"薛仁贵犯法，自然有国法处治他，你为什么要断他饮食的供应？要不是看在你是皇叔的分上，今天我就不能饶你。"说完，就走了。

李道宗羞得满脸通红，被秦梦打了不算，还挨皇上教训一顿，心里真不好受，只好憋着一肚子气回家。

秦怀玉这班人，最初看到李道宗鼻青脸肿的样子，再听到他向皇上的报告，都很担心，后来见皇上反而把他说了一顿，才放下心。大家一起到秦怀玉家里，然后派人去天牢打听，果然没有人在那儿把守了，就继续送饭给薛仁贵。

薛仁贵被关起来以后，他的家将立刻跑回山西，把经过情形告诉了王茂生。王茂生大惊，赶紧去后堂，向两位夫人报告。两位夫人听了，都昏倒在地。樊员外也知道了，赶紧来劝她们，把她们扶起来。

王茂生向她们说："两位夫人不要难过，我马上就到长安，想办法搭救王爷。"说完，就换了衣裳，带了路费，向两位夫人告别，动身去了长安。周青等八位总兵得到这消息，也很着急，不断派人去长安打听。

王茂生到了长安，先去见程咬金，说准备见皇上，给薛仁贵求情。程咬金说："我们这儿这么多人都没有办法救他，你怎么行？如果皇上一生气，你岂不是白白把命送掉。我看，你还是先到牢里去看看薛兄再说。等我再想办法救他。"

王茂生听了，就去天牢，送了很多银子给看牢的人，看牢的才放他进去。他见了薛仁贵，两个人抱头大哭，讲了半天，看牢的一再催促，王茂生才出来，回到程咬金家里。从此以后，他一方面天天送饭给薛仁贵，一方面等程咬金想办法。

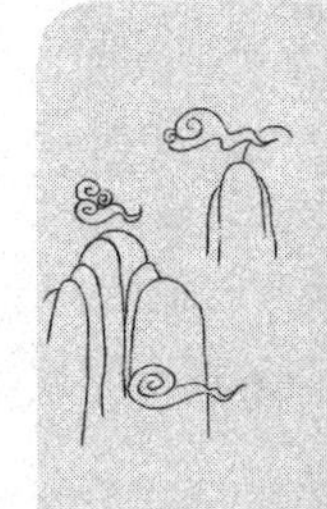

尉迟恭鞭断人亡

程咬金写了两封信，一封信派人送到汉阳府去给徐茂公，一封信派人送到真定府去给尉迟恭。英国公徐茂公正在汉阳府救灾，接到程咬金的信以后，掐指一算，知道薛仁贵命里注定要坐三年牢，现在还不能救他，就写了回信，派人送给程咬金，说他也没有办法。

尉迟恭奉旨在真定府铸铜佛，接到程咬金的信后，气得不得了，立刻把公事交给督工官，不分日夜地赶回长安。回到家里以后，尉迟宝林兄弟把薛仁贵被害的经过情形告诉他，他听了，大怒说："哪里有这回事，皇上也太糊涂了。明天我上朝，一定要打倒奸王，救出薛仁贵。否则我就用打王鞭打他。"

第二天天还没亮，他就带了两个儿子上朝。黄门官听说号国公尉迟恭来朝，就吩咐开了午门，让尉迟恭进去。尉迟恭到朝房里坐了一会儿，程咬金、秦怀玉他们都来了。程咬金对他们说："尉迟千岁，你来得正好，薛仁贵受了奸王的陷害，我向皇上保救关他一百天，现在期限快满了，你得想办法救他。"

"当然！"尉迟恭说，"我就是为这件事特地赶回来的。等一会儿，我跟皇上讲了，皇上一定会赦免他。"

倒霉的李道宗，这时候也在朝房里，听了尉迟恭的话，忍不住上前骂道："你这黑鬼，薛贼犯了大罪，你凭什么敢在这儿胡说八道说要救他。"

尉迟恭一见李道宗，火冒三丈，气得大骂："奸王，唐朝哪儿有像你这种不争气的东西，你自己逼死了女儿，却往薛仁贵身上推，亏你还有脸在这儿，还不快给我滚出去！"

李道宗听了不禁大骂："黑贼，你敢得罪亲王，看我不把你千刀万剐才怪。"

"好，你剐我，"尉迟恭说，"我先挖了你的两只眼睛再说。"一面说，一面伸出两根手指去挖李道宗的眼睛，吓得李道宗赶紧用袍袖把眼睛遮住。但是，他虽然保住了眼睛，两颗门牙却被打落了，满嘴鲜血，疼得直叫。

"反了，反了，"李道宗气得连声喊，"你竟敢打落我的门牙，走，跟我一起去见皇上。"

尉迟恭见李道宗满嘴流血，心里也着了急。

程咬金对李道宗说:“果然黑鬼打亲王,我亲眼看见的。你快把门牙给我,见了皇上以后,我给你作见证。”

李道宗以为他是好意,就把门牙给他,没想到他把门牙向外扔去。

李道宗叫道:“原来你们都是同党,程老贼你把我的门牙扔到哪儿去了,赶快还给我。”

程咬金哈哈大笑,说:“你因为年纪大,性子急,进朝门的时候,不小心跌落了门牙,跟老黑有什么关系。”

尉迟恭见程咬金把门牙扔了,胆子也大了,说:“你自己跌落了门牙,不要来诈人。”

就在这时候,唐太宗升殿,大家都去朝见。他看见尉迟恭,高兴地说:“好久没有见到你了,是不是已经完工了?”

“还没有完工,”尉迟恭说,“我有件事要向您报告。”

李道宗知道他要保救薛仁贵,赶紧上前,说:“陛下,尉迟恭未奉圣旨,私进长安,在朝房打落了我的两颗门牙,希望陛下处治他。”

尉迟恭说:“皇叔进朝门的时候,从马上摔了下来,跌落了门牙,程咬金他们都看到,可以作证。”

唐太宗就问程咬金究竟是怎么回事。程咬金证明尉迟恭说得没错。唐太宗想了想,向李道宗说:“你不要乱找别人的麻烦。”李道宗又吃了一个大亏，只好退回班里。

尉迟恭把保救薛仁贵的报告递给唐太宗，唐太宗看了以后，说：“薛仁贵打死我堂妹，应该处死刑。我曾经讲过，谁保救他就一起受罚。念在你和我共患难过，我不忍心杀你，可是薛仁贵我却不能再饶他。”说完就立刻下令把薛仁贵从牢里提出来，绑到刑场去砍头。

尉迟恭急坏了，立刻提起他的钢鞭，向唐太宗说：“陛下，这鞭是先皇赐给我的，上头刻着几行字，请陛下看一看。”

没想到唐太宗不理他，下令退朝，回宫去了。尉迟恭不敢真的拿鞭子打唐太宗，只好跟在他后头，喊：“陛下，无论如何要赦了薛仁贵。”

唐太宗仍旧不理，进了止禁门，把门关上。除了唐太宗让进去以外，谁也不敢进这道门。尉迟恭没有办法，只好在门口大声喊：“薛仁贵征东有十大功劳，陛下无论如何要放了他。”

过了一会儿，内监出来向他说：“皇上说薛仁贵犯的罪太大，绝不能赦他。老千岁有什么事明天上朝的时候再说吧。”

尉迟恭听了，气得不得了，心里想：“我救不了薛仁贵，没脸在朝里见人，不如打进宫去，跟这昏君拼了。”就拿起竹节钢鞭，对着止禁门一鞭打去，只听得一声响，鞭子裂成了十八段。

尉迟恭吓得变了脸色，他记起了他师父曾经跟他说，鞭在人

在，鞭亡人亡。再看门上写着“止禁门”三个字，知道谁也不能到这儿，他仗着鞭子到这儿，现在鞭子断了，他就不能出去。他也想开了，向止禁门拜了二十四拜，然后用尽力气向门撞去，立刻血流满地，死在门下。

太监报告唐太宗，唐太宗到门口，看见地上的尉迟恭，不禁掉下眼泪，说：“你何必这样呢！”就让太监去喊程咬金、尉迟宝林、尉迟宝庆来。三个人都在外头等候消息，进宫看见尉迟恭撞死，都放声大哭。

唐太宗让他们不要难过，下令就在止禁门口给尉迟恭办丧事，令文武百官都挂孝，报答他开国的功劳。

程咬金上前说：“陛下，尉迟恭这样牺牲自己，完全是为了保救薛仁贵。希望您看在他的面子上，暂时把薛仁贵押回天牢，到明年秋后再处决。”

唐太宗点点头答应了，薛仁贵就又被押回大牢。

尉迟恭安葬以后，唐太宗封尉迟宝林为虢国公，尉迟宝庆为陈国公，尉迟号怀为平阳总兵。

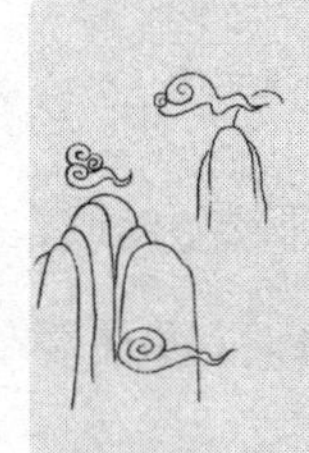

苏宝同下战书

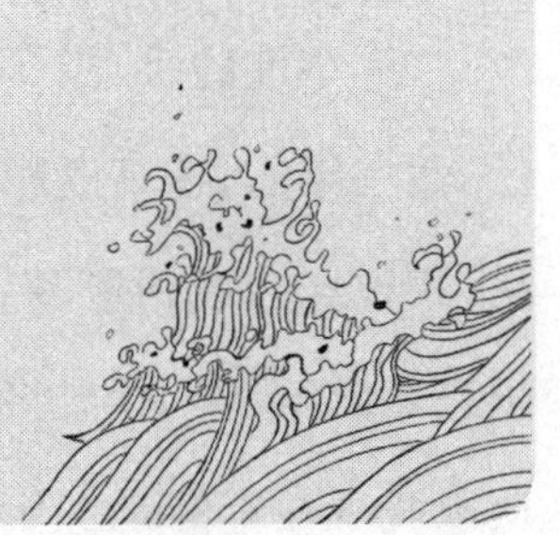

一年很快就过去了，一天，唐太宗向程咬金说："去年你要我把薛仁贵关到今年秋后再说，现在你总没有话说了吧！"

程咬金心里虽然着急，却想不出办法。秦怀玉、罗章他们，你看我，我看你，也都不敢出来保救。

唐太宗就下令把薛仁贵绑到刑场去处决。恰好这时候，徐茂公从汉阳回来，大声喊："刀下留人！"指挥见是英国公徐茂公，不敢动手。

徐茂公赶到殿上，报告了他的救灾工作以后，说："刚才我看见薛仁贵被绑在刑场上要处决，我已经让他们慢点动手，特地来保救他。"

唐太宗说："他犯的罪太大，我一定要杀他，你不要管这件事。"

“我是奉旨救薛仁贵。”徐茂公说。

“你奉谁的旨意?”唐太宗奇怪地问。

“三年前,在高丽越虎城的时候,”徐茂公说,“陛下要出城打猎,我说您会遇到应梦贤臣,但是如果他早见了您的话,将来要坐三年的牢,陛下说:将来他不管犯了多大的罪,都可以赦了他。所以我现在奉的是三年前万岁的旨意。”

唐太宗点点头,说:“你看怎么办?”

徐茂公说:“暂时把他押回天牢,到明年秋天后再处决。”

唐太宗答应了。于是薛仁贵又被押回天牢。

程咬金他们见徐茂公赶来,以为薛仁贵一定有救了,没想到仍旧被押回天牢,就问徐茂公打什么主意。徐茂公说:“我算出他命里注定要坐三年牢,早放出来对他不利,倒不如让他坐满三年牢,再太太平平出来,岂不是更好!”

程咬金虽然不高兴,但是没有别的办法,只好算了。

一年很快又过去了,程咬金他们替薛仁贵担心,不知道这一次他有没有救。只有徐茂公一点儿也不放在心上,像是早拿定了主意似的。

一天,西番的西凉国,派了使者来长安,说要见唐太宗,唐太宗就喊他进去,问是谁派他来的。他回答说:“我叫杨魁,是西凉国的元帅苏宝同让我来的,有一封信给您。”说完就把信递上去。

唐太宗看了信，气得大喊："罢了，罢了，这些小国家，竟敢这样欺侮我！"立刻下令把杨魁绑出去杀了。

徐茂公见唐太宗气成这样子，问信上写的是什么，唐太宗让他拿去看。徐茂公看了，说："难怪万岁生气，果然不像话。"原来这不是什么信，而是战书，大意是要唐太宗投降，否则他就要出兵来打长安。

唐太宗问苏宝同是怎样的人，徐茂公说："他是苏定芳的孙子，苏凤逃往番邦以后，生下一男一女，男的叫宝同，成了国王的驸马，女的叫金莲，成了王后。苏宝同有九把飞刀、三把飞镖，一跳就是三千里。并且手下有很多妖僧妖道，都很厉害。现在他镇守在跟陕西交界的锁阳城，如果知道您杀了他的使臣，一定会出兵打来，不如我们先起兵去打他。"

唐太宗也觉得只有这样做才是办法，问谁愿意挂帅印去征西，接连问了几声，没人回答，就问徐茂公，令谁担任元帅，徐茂公说："征西还是征东将。"

"你这话是什么意思？"唐太宗说，"征东是薛仁贵，难道现在又非要他不成？"

徐茂公说："陛下应该明白，他是应梦贤臣。"

唐太宗点点头，就下令放出薛仁贵，封他为天下都招讨四郡兵马大将军及征西大元帅。

没想到薛仁贵不肯接受这任命，唐太宗问徐茂公怎么办，徐茂公说："他吃了三年的苦，心里自然不高兴，如果万岁赐他尚方宝剑，文武百官谁不听命令，他有权先斩后奏，他一定会接受的。"

唐太宗答应了，就把尚方宝剑给了使者，让他送到天牢里去给薛仁贵。

薛仁贵向使者说："我要成亲王亲自来这儿，跟我一起去见皇上，把我的案情弄个清楚，否则我宁愿死。"

使者只好又回去报告唐太宗。唐太宗就让成亲王去天牢。李道宗吓得赶紧跪在地上，说："我不能去天牢，他现在有了兵权，随时可以杀我，我去岂不是送死！"

唐太宗想想也不错，就不吭声儿。程咬金见他拿不定主意，就上前说："我去跟薛仁贵讲好了，我保证他一定听我的话。"

唐太宗就教程咬金去。程咬金见了薛仁贵，薛仁贵说："老千岁，奸王害我坐了三年的牢，我一定要杀他祭旗。"

程咬金答应代想办法，薛仁贵才离开天牢，换了袍甲，上马进朝，向唐太宗谢恩。

唐太宗摆下酒席，请薛仁贵喝酒，秦怀玉他们都做了陪客，一直喝到半夜，才各自回家。

第二天，唐太宗教薛仁贵去教场，监督三军操练半个月，然后出兵。

徐茂公跟唐太宗说，西番比东辽还厉害，要他御驾亲征。唐太宗也恨透了苏宝同，自然答应，就下令户部催促各路的粮草。

薛仁贵打发王茂生去山西，慰问两位夫人和周青他们，教周青他们操练三军，不久就要调用。他自己则天天去教场操练三军。过了半个月，他向唐太宗报告，兵马已经操练好了，问哪一天出发。

唐太宗说："军师已经选定明天出兵，你回去准备一下。"

第二天早上，薛仁贵穿着军装上殿，唐太宗让太监把元帅印捧给他，然后亲手斟了三杯酒给他喝。他喝了酒，谢恩退出午门，去教场。

到了教场上，薛仁贵点兵三十万，教秦怀玉做先锋，带一万人马先出发，嘱咐他不要轻易跟敌人打，一定要等大队人马到了以后再说。接着，薛仁贵又分配其他人的工作，令尉迟宝林兄弟担任左右接应，护送粮草；程铁牛、段林、滕贤等保驾。

唐太宗把国事交给殿下李治和左丞相魏征以后，就由程咬金、徐茂公陪着去教场。

薛仁贵对程咬金说："上次老千岁答应把李道宗交给我祭旗，现在皇叔没有来，我只好借重老千岁代替他了。"

程咬金吓得连连摇手，说："这个代替不得，我去抓他来。"他走出帅台，心里想：王爷怎么能抓。想了一会儿，被他想出了一个主意，就派人把秦怀玉叫来，对他说："李道宗不来，元帅要杀我祭旗，你去李道宗那儿，不要说是抓他，只说去向他辞行。骗他出来以后，就把他抓住，送给元帅，我就没有事了。"

过了一会儿，秦怀玉果然把李道宗抓了来。张仁见王爷被抓走，也跟了来。

薛仁贵看见李道宗身边的张仁，认得就是假传圣旨的那个人，立刻命人把他绑上，然后向唐太宗说："陛下，假传圣旨、哄我到长安、骗我进王府的就是这个人，希望您仔细问他一下。"

唐太宗问张仁："你叫什么名字，为什么把元帅骗进长安，赶紧说实话，否则就要上刑了。"

张仁魂都吓飞了，知道没法儿赖，只好把他跟李道宗、张妃三个人一起用计害薛仁贵的事情，详详细细地讲了一通。

唐太宗听了，气得大喊："竟有这种事！"立刻下令把张仁绑出去杀掉，把张妃用白绫绞死，然后对薛仁贵说："我真没想到你蒙受了这么大的冤枉，现在我总算给你报了仇。皇叔年纪大了，没有儿子，只有一个女儿又死了，你就看在我的面上，饶了他吧。"

薛仁贵说："只要陛下知道我的冤枉，也就算了。"

程咬金听了，心里想：不好，薛仁贵做了王，还被奸王算计，我不过是个国公，如果他存心害我，我怎么受得了。就对唐太宗说："陛下，如果你不杀皇叔，给薛仁贵报仇，薛仁贵征西的时候一定不会尽力地打苏宝同。"

唐太宗说："你讲得也对，可是我没有权杀皇叔呀！"

"这很简单！"程咬金说，"把皇叔扣在一个大钟底下，等今天出了兵以后，明天再派人把他放出来，不就得了嘛！"

唐太宗接受了这个建议，教程咬金去办。程咬金带着李道宗，到一个庙里，教李道宗坐好，然后教很多兵士抬起庙里的一个大钟，罩在李道宗上头。这时候，李道宗后悔得不得了，只指望薛仁贵走了以后，明天能放他出来。没想到程咬金教兵士拿来干柴，放在钟的四周，点火烧了起来。李道宗在里头大喊救命，可是没有人理他，一会儿就被烤死了。程咬金去报告唐太宗，说李道宗该死，天上忽然掉下火来，把庙烧毁了，他也被烧死在钟里头了。唐太宗明知道程咬金的话靠不住，可是不愿意追究，只好算了。

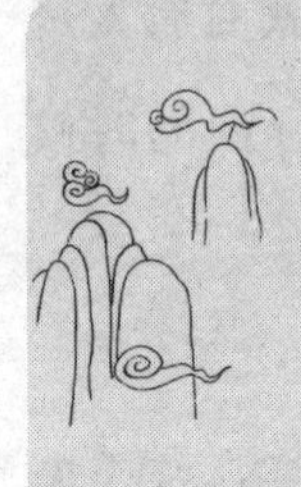

征西将连取三关

薛仁贵祭了大旗以后，下令起兵，三十万人马，浩浩荡荡地离开了长安。殿下李治和朝里的文官，送唐太宗出城，唐太宗教他们不必远送，才各自回去。

大队人马经过宁夏、甘肃，出了玉门关，过了瀚海，向西凉国的界牌关前进。

唐太宗杀了西凉国的使臣杨魁，他手下的人早跑回锁阳城报告了苏宝同，苏宝同就下令各关守将小心防守。

界牌关的守将，姓黑叫连度，力气很大，上阵用一把九连环大刀，重一百二十斤，相当厉害。

先锋秦怀玉率领了一万人马，先到达界牌关外，接着大队人马也到了。休息了两天，周青等八个总兵也来了。

薛仁贵问谁出去讨战，秦怀玉愿意去。薛仁贵说："听说番将很厉害，这第一关，你只许成功，不许失败。”又吩咐尉迟宝林兄弟也出阵帮忙，如果秦怀玉打赢了，教他们趁机抢关。

三个人上马出阵。秦怀玉到关下讨战，小番去报告黑连度，黑连度带了手下的将官出关，双方通了姓名以后，就打了起来。打了四十多个回合，不分胜负，黑连度不耐烦，教手下的将官一起上前，把秦怀玉包围住。尉迟兄弟看见，也上前帮秦怀玉的忙。

黑连度手下的将官打不过尉迟兄弟，大都被杀，黑连度心里一慌，也被秦怀玉一枪刺死跌下马背。

秦怀玉向后大声喊抢关，先拍马上前，冲上了吊桥，接着尉迟兄弟跟周青等八个总兵也都冲过了吊桥。小番来不及闭关，被秦怀玉、尉迟兄弟杀进关，杀散了番兵，接收了粮草，然后迎接唐太宗、薛仁贵进关。

薛仁贵对秦怀玉、尉迟兄弟三个人称赞了一番。唐太宗也很高兴，教人摆下酒席，给他们庆功。

在界牌关休息了三天，大队人马继续向金霞关进发，走了三天，到金霞关外安营。

元帅升帐，准备下令攻关，尉迟宝林上前说：“元帅，驸马在界牌关立了头功，金霞关让我们去打吧！”薛仁贵答应了，教秦怀玉也出阵接应。

金霞关的守将叫忽尔迷，听说界牌关丢了，心里很慌，一方面派人去锁阳城报告苏宝同，一方面准备抵抗。

尉迟宝林到关下讨战，忽尔迷出关应战，尉迟宝林冲上前，两个人没报姓名就杀了起来。忽尔迷打不过尉迟宝林，被他一枪刺死。尉迟宝林一面喊大家抢关，一面先冲了过去。秦怀玉、周青等立刻也跟着向前冲，几个人都过了吊桥，杀进关，把关里的番兵番将杀得死的死，逃的逃。

唐太宗跟薛仁贵进了关，设宴庆功。休息了三天，继续向接天关进发。到了关外安营，尉迟宝庆见哥哥立了功劳，也想立功，就请元帅准他出去讨战。

薛仁贵答应了，教秦怀玉出阵接应。

接天关的守将叫段九成，他听说唐将讨战，立刻上马出关，双方报了姓名打了起来，只一个回合，就被尉迟宝庆一枪刺死。小番见主将死了，都四散逃走，尉迟宝庆很容易就打下了接天关。唐太宗、薛仁贵进了接天关，休息了三天，开始商量打锁阳城。

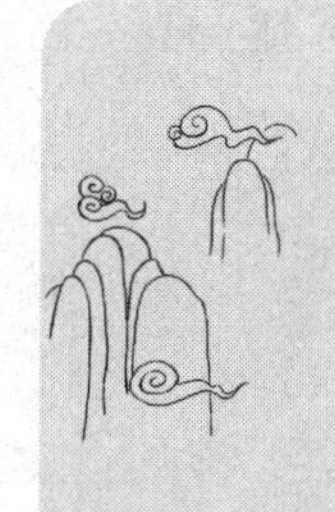

苏宝同一打锁阳城

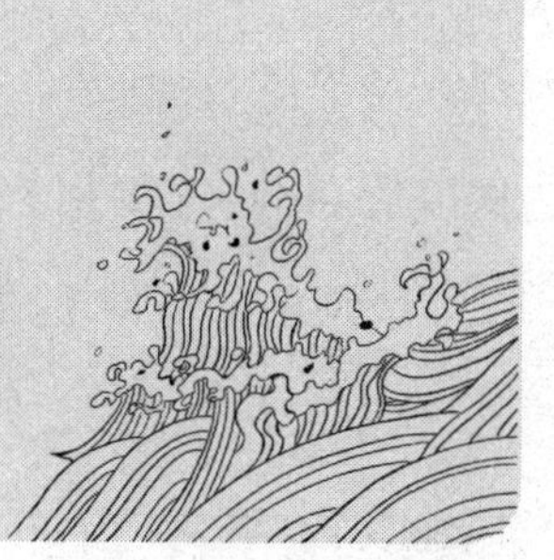

锁阳城周围十里，三关十门，是西凉国的一个大城，由元帅苏宝同镇守。苏宝同从小跟李道符学法术武功，炼成了飞刀飞镖，时时刻刻想给他祖父报仇。唐太宗杀了杨魁，他正打算起兵打长安，没想到唐太宗比他快，先带兵来打他。他得到连丢三关的消息，心里着了慌，赶紧跟他的两个军师商量抵抗的办法。他的两个军师都很有本事，一个叫铁板道人，身边有十二块铁板，每块约一尺长、半寸宽，上头有符，打仗的时候，他念动咒语，铁板飞到空中，落下来可以把敌人打成灰泥。另一个叫飞钹禅师，用两副金钹，打仗的时候，把金钹飞进空中，落下来会把对方的头打碎。铁板道人长得又高又大，飞钹道人则又矮又胖，不到四尺高，却有三尺宽。

苏宝同问他们有没有对付唐朝人马的计策，铁板道人说：

“我倒是有一个计策，不知道行不行。我们暂时不跟他们打，全部人马出城，退到寒江关。薛仁贵一定会进这个空城，等他们进城以后，我们立刻回来，把城包围，城里没有粮草，城外没有救兵，用不了三个月，他们一定都饿死。如果他们出城讨战，元帅放飞刀，我们两个人放铁板、金钹，杀得他们一个不剩。然后慢慢地攻城，早晚一定可以把唐王抓住。”

“你这计策很好。”苏宝同说。就带了所有人马，退出锁阳城，去寒江关安营。

薛仁贵的大队人马到了锁阳城外，接到兵士的报告，说锁阳城大开城门，吊桥没有拉起，城里一个人都没有。

薛仁贵笑着向大家说：“各位将军，苏宝同留下一个空城，一定有花样，不过我们不怕他，小心进城好了。”徐茂公劝道：“元帅，你是不是还记得以前征东的时候，三江越虎城的故事？我们最好不要进城，免得中了他的空城计。”

“你的胆子未免也太小了！”程咬金说，“我们接连打下三关，他们又不是不知道，一定是他们知道打不过我们，吓跑了。”

薛仁贵说：“老千岁说得对。”就下令三军进城。

徐茂公掐指一算，知道皇上有几年的灾难，将官们要遭劫，天机不能泄露，就不再过问了。

大队人马进城以后，薛仁贵教人关上城门，商量进攻寒江关。

没想到进城没有多久，四面炮声一响，百万番兵把城四面包围。

唐太宗吓坏了，问薛仁贵怎么办，薛仁贵说："陛下放心，我们且先到城头上去看看再说。"

大家到西山的城头上，见城外包围的番兵密密重重的，不知道有多少，大家心里都很惊慌。就在这时候，苏宝同到城下，向上喊道："城上的是不是李世民？以前罗通杀死我祖父，现在我要给祖父报仇。你快把罗通交出来，我就饶了你，否则，你就不要想回国了。"说完，故意一阵大喊，吓得唐太宗直打哆嗦。薛仁贵在旁边说："陛下不要怕，等我派人出去抓他。"

唐太宗仍旧回帅府，薛仁贵派秦怀玉出城讨战，教尉迟兄弟接应。

秦怀玉出城，跟苏宝同打了起来。双方打了五十多个回合，不分胜负，苏宝同打算放飞刀，掉转马头就走。秦怀玉知道他要放飞刀，就喊："苏宝同，有种拿出你的真本事来跟我打，不要用暗器伤人。"

"好，难道我怕你不成！"苏宝同又掉过马头说，"我不用暗器伤你，你背上背的是什么兵器，可不可以借给我看一看？"

"这是我父亲用的金装锏，共一百三十斤。你想看拿去看好了。"说着解下背后的双锏扔了过去，苏宝同接过双锏，连声称赞说："这锏果然不错，你送给我算了。"回马就走。

秦怀玉一面追，一面喊："你这没有信用的东西，敢骗去我的双锏。"

苏宝同听秦怀玉骂他没有信用，哈哈冷笑说："秦怀玉，你不要这么小气，我不过是跟你说着玩儿的，谁要你的双锏，拿去！"说完，把双锏向秦怀玉扔去。也是秦怀玉该死，没有防备，抬头向上看，眼睛被阳光照得睁不开来，双锏落下，正打在他面门上，他大叫一声，跌下马来。幸亏尉迟兄弟赶紧上前，把他的尸首抢回来，但是他的双锏却被苏宝同捡了去了。

唐太宗听说秦怀玉死了，哭得很伤心。秦怀玉的儿子秦梦，也在军队里，去见薛仁贵，说要出去给他父亲报仇。薛仁贵说："你年纪太小，不是苏宝同的对手，用不着去送命，我另外派人出去好了。"就教尉迟宝林兄弟出去。

哥儿俩出城，向苏宝同喊道："我们来给驸马报仇，你不要想跑。"

苏宝同喊道："欢迎你们也来送死！"

于是三个人杀了起来，打了四十多个回合，苏宝同有点吃不消，一手提刀招架，一手揭开背上的葫芦盖，嘴里念着咒语。葫芦里立刻飞出两把三寸长的柳叶飞刀，像两条火龙一样飞向尉迟兄弟。哥儿俩用枪去挡，自然挡不住，立刻被飞刀杀死。

苏宝同割下了尉迟兄弟的脑袋，到城下大骂："快把罗通押出来，否则我要杀进城，把你们杀得一个不剩。"

兵士去报告薛仁贵，说尉迟兄弟被杀，大家自然都很难过。

第二天，苏宝同又到城下讨战，薛仁贵带了八个总兵，亲自出城。

一个是大唐元帅，一个是西凉国元帅，两个元帅互报姓名以后，就杀在一起。打了四十多个回合，苏宝同累得汗流浃背，浑身酸麻，连声喊厉害，调转马头就走。薛仁贵立刻追了下去。

苏宝同见薛仁贵追来，心里很高兴，就把葫芦盖揭开放出飞刀。薛仁贵见他放出飞刀，就拿起震天弓，射出一枝穿云箭，只听得一声响，飞刀化成青光散落在地上。吓得苏宝同把他剩下的飞刀全部放了出来，薛仁贵也很慌，不知道怎样对付是好，就把三枝穿云箭一起射出去，接连几声响，空中的飞刀都不见了。薛仁贵用手一招，箭又落回手里。

苏宝同见薛仁贵破了他的飞刀，气得立刻又放出一枝飞镖，像一条怪蟒飞向薛仁贵。薛仁贵不知道怎么应付，用手里的画戟去挡，觉得很沉重，挡不住，就向城下飞逃，飞镖也跟在后头追，追到吊桥边打了下来，薛仁贵头一偏，飞镖打中了他左边的胳膊，他立刻被打下了马。周青几个总兵，赶紧上前，把他抢回城。

薛仁贵在养伤期间，教人挂出免战牌，等他伤好了再说。

苏宝同因为飞刀被破，又去求他的师父李道符帮他炼飞刀，因此没有人到城下讨战，也没有攻城，双方过了三个月的平静日子。

苏宝同再打锁阳城

薛仁贵的伤还没有好，苏宝同的飞刀却炼好了，回到锁阳城外，下令攻城。

唐太宗吓得不得了，问徐茂公怎么办。徐茂公说：“我们除了加紧防守以外，最好派人出城去长安讨救兵。”

“谁能出去呢?”唐太宗问。

“我算准了，还是由程老千岁去最合适，”徐茂公说，“他是福将，扫北、征东，都是他担任这种差使。”

程咬金吓得赶紧说：“你不要胡说，我这么大的年纪了，怎么能跟会飞刀妖术的苏宝同打。我死了不要紧，耽误了国家大事怎么办?”

唐太宗听了点头说：“程王兄说的不错，如果我们派他出城，一定会被苏宝同笑话，说我们没有能人做大将，派一个老废物出城，不笑掉他的大牙才怪。”

程咬金听了，不高兴地说：“陛下，您太瞧不起我了，以前黄忠七十五岁的时候，还能打退曹操百万的军队。我还没有满八十岁，不见得就是废物，我愿意出去试一试。”

唐太宗说：“既然你愿意去就太好了，我给你一道密旨，你带往长安宣读，讨了救兵来，是你的一大功劳。”

程咬金领了旨，装束好以后，就一个人冲出城，到番营前，教小番去通知苏宝同出来，说有话跟他讲。

苏宝同出来，见是一个老将，问他有什么事。程咬金说：“我叫程咬金，因为你的飞刀厉害，主帅教我到长安去请救兵来杀你们。”

苏宝同说：“我知道你，也不想杀你，你赶紧回去吧。”

程咬金大叫道：“我中原有上天入地的英雄，我老人家有一个孙子叫程千忠，他用的斧头，要十六个兵士抬才抬得动。他们一到西凉，你们一个也不要想活。你如果怕他们，就先把我杀了。如果你是英雄好汉，不怕杀，就放我过去讨救兵，催运粮草。”

苏宝同听了，心里想：哪里会有上天入地的英雄，哪里会有十六个人才抬得动的兵器，这完全是胡说。看样子，他去催粮草倒是真的。这老家伙杀了也没有用，不如放他过去，等他运了粮草来，我都给抢下。就对程咬金说："好，我放你过去。"

"你不要打坏主意！"程咬金说，"现在你假意放我，却暗地里通知各关抓我。你要杀我，现在就杀好了，否则给我令箭批文，到关前当执照。"

苏宝同不愿意跟他多啰嗦，教手下给他令箭批文。程咬金接过令箭批文就飞也似的走了。

他一路上没有遇到什么困难，很顺利地到达长安，向殿下李治报告战事情形，最后说皇上有密旨给他。

李治看了密旨以后，对程咬金说："父亲说他被困锁阳城，要我出榜文征求能人，领兵救他，你看怎么办？"

程咬金说："这一定是军师的主意，您就照办好了。"

"好吧！"李治说，"救兵如救火，这件事不能耽搁，希望你赶紧挂出榜文，同时调齐三军，操演阵法。"

程咬金答应，立刻办理去了。

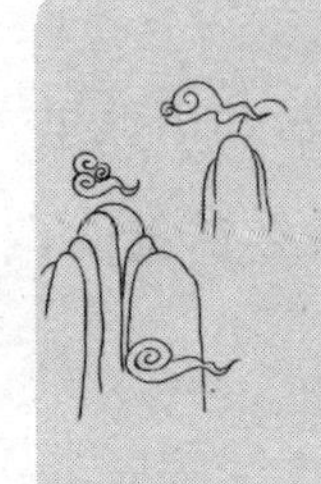

薛丁山领兵救父

薛仁贵征东回到家乡的时候，无意中射伤了自己的儿子薛丁山。幸亏云梦山水濂洞的王敖老祖，把薛丁山救了去，教他兵法、武艺。一晃七年，老祖算出唐太宗被困锁阳城，薛仁贵有难，父子应该见面，就把薛丁山叫了去，对他说："丁山，你灾难已满，应该下山。现在西凉国苏宝同兴兵作乱，唐王被困锁阳城，你父亲被飞镖打伤。你赶紧下山，先去山西见你母亲，然后去长安揭榜文，领兵去锁阳城救驾，消灭苏宝同，干一番事业。"

薛丁山说："连父亲都打不过苏宝同，我怎么行呢？到时候不是白丢师父的脸吗？"

老祖点了点头说："不错，西凉的能人不少，不容易对付，我给你几件宝贝好了。"就吩咐仙童拿出十样宝贝，交给薛丁山。这十样宝贝是：一顶太岁盔、一件锁子天王甲，穿戴了可以刀枪不入；一双穿云鞋，穿了可以腾云驾雾；一根画天戟、一把昆仑剑、一件玄武绣锦剑袍、一张宝雕弓、三枝穿云箭和一匹能腾云驾雾的宝马。

薛丁山接过十样宝贝，全身披挂，上了宝马，向师父告别下山。

宝马果然跑得很快，不一会儿，就飞到了山西龙门县。薛丁山降落地上，打听平辽王府在什么地方。到了平辽王府前，恰好碰到家人薛青从王府里出来，看见他高兴地喊道："小主人，夫人以为你死了，伤心得不得了，没想到你还活着。你且在这儿等一等，我马上进去报告夫人。"

夫人听说薛丁山没有死，就在大门外头，教薛青赶紧出去请他进来。

薛丁山跟着薛青进去，见母亲坐在中堂上，立刻跪下，大喊一声："孩儿拜见娘。"

夫人见果然是以前失踪的儿子，亲自上前扶他起来，两个人抱头大哭。

薛丁山把被救和奉命下山的经过详细报告了一遍。夫人又高兴又难过。高兴的是有这么一个本事很大的儿子，难过的是听说薛仁贵受了伤。

薛金莲听说哥哥回来，赶紧跑来相见。薛丁山又去拜见了樊氏二娘。夫人教人摆设团圆酒，给他接风。

在喝酒的时候，夫人流着眼泪说："孩子，听说西凉的兵将很厉害，我实在为你的父亲担心。"

薛丁山听了，赶紧跪下说："娘，请不要担心，明天我就去长安揭榜，领兵去西凉救父亲。"

"我跟你一起去，"夫人说，"大家死也死在一起，免得互相惦记。"

金莲说："哥哥，我也跟仙人学过法，我跟你一起去救父亲吧！"

"这就更好了！"薛丁山说，"可是王府里的事教谁管呢？"

"请樊氏二夫人管好了。"夫人说。

母子兄妹三个人谈到半夜，各自回房。第二天，三个人交代过家事以后，就动身去长安。

到了长安，薛丁山去午门前，见午门上果然贴着榜文，大意是谁能领兵去西凉救回皇上，官封万户侯，妻封一品夫人。

薛丁山看完榜文，立刻揭下。守榜官看见，赶紧去报告鲁国公程咬金。程咬金听了，立刻上马，到午门前，见揭榜的是一个少年，就带他回府，问他姓什么叫什么，有什么本事。

薛丁山回答道："老千岁，我是平辽王的儿子薛丁山，从小跟仙人学仙法，现在奉命下山，去西凉救皇上与父亲。我母亲、妹妹也都来了。希望千岁报告殿下，让我早点儿领兵去打西凉国。”

程咬金听了高兴地说：“小将军原来是平辽王的儿子，这太好了，现在我们就一起上朝见殿下。”

两个人上了金銮殿，朝见了皇上以后，李治问程咬金，跟他一起来的是什么人。

程咬金说：“殿下，他是薛元帅的儿子薛丁山，特地来揭榜领兵。”

“原来是薛王兄，”李治说，“你有什么本事，能担当这么重大的责任呢？”

薛丁山报告道：“我从小跟仙人学仙法，自信一定能打垮苏宝同，征服西凉国。”

李治知道他不会乱吹，就封他为二路元帅，亲自斟了三杯酒给他喝，祝他一路旗开得胜，马到成功。

第二天，薛丁山到教场点了三十万人马，分配各将官任务，由尉迟青山督运粮草，罗通做先锋，程千忠担任后队。

大军开拔，夫人和小姐也跟着一起走。没想到出了玉门关，到棋盘山的时候，忽然山上冲下几千个强盗，领头的强盗头子叫窦一虎，年纪不大，个儿也很小。他是王禅老祖的徒弟，本事很好，在山上望见唐军营里的薛金莲长得很漂亮，就冲下山，想抢上山去成亲。罗通上前接住杀了起来，双方打了三十多个回合，窦一虎打不过，一扭身子就不见了。罗通跟兵士们直叫奇怪。

“一定是逃上山去了！”罗通自言自语地说，“我追上山去看看。”就带了三千人马，杀上山去。没想到杀到半山的时候，遇见一个下山的女强盗，两个人就在山上杀了起来，打了二十多个回合，女强盗回马逃走，罗通在后头追，女强盗从怀里掏出一根捆仙绳，扔向空中。罗通抬头一看，只见一道红光落下，身子就被捆住，人也昏迷不醒，从马上摔下来，被抓过去了。

兵士去报告薛丁山，薛丁山立刻亲自出马，到阵前大喊：“快放我的先锋出来，否则我要把你的强盗窝踏成平地。”女强盗问薛丁山叫什么名字，薛丁山说：“我是大唐征西二路元帅薛丁山，你快把罗先锋放出来，我们要赶紧去锁阳城救皇上和我的父亲。”

女强盗听了，自我介绍道：“我也不是普通人，我叫窦仙童，是九龙山黄花圣母的徒弟，会仙法，武艺高强，今年十六岁，父母早就去世，只有一个哥哥叫窦一虎，能够在地下走。我打算嫁给你，一起去西凉救驾，不知道你的意思怎样？”

薛丁山听了，不高兴地说：“你真不要脸，我是堂堂的世子，怎么会娶你！”说完，一戟向窦仙童刺去。

窦仙童举起双刀，架在一边。两个人打了二十多个回合，窦

仙童不是对手，拿出捆仙绳，把薛丁山捆住，抓了过去。

薛丁山醒来，见自己在强盗窝里，气得开口大骂。窦仙童说："你答应我，今天就在这儿跟我成亲，否则我就杀了你。"

薛丁山说什么也不答应，喊道："要杀就杀，不要多说废话！"

窦仙童气得不得了，教小喽啰把他推出去杀掉。

小喽啰把薛丁山推出去，正要开刀的时候，忽然听见有人喊："刀下留人。"接着跑来一个人，原来是程咬金。他在大营里听见兵士报告说一个女强盗要嫁给元帅，元帅不答应，被女强盗抓去了。程咬金问女强盗长得怎么样，兵士说很漂亮。他就去跟夫人商量，说："夫人，元帅被一个女强盗抓了去，恐怕凶多吉少，我看不如由我做媒，让他们俩成亲，一起去西凉算了。"

夫人没有别的办法，只好答应。程咬金就赶紧上山，向要杀薛丁山的小喽啰说："快去报告你们的女大王，说大唐鲁国公程咬金有话跟她讲。"

窦仙童听了小喽啰的报告，就请程咬金进去。

程咬金到殿前，窦仙童上前迎接。程咬金说："我是来给你做媒的，对象是平辽王的世子，官封二路元帅，也就是你刚才抓来的人。"

窦仙童虽然满心愿意，却不好意思开口，吞吞吐吐地说："老千岁，婚姻大事，我不能自己作主，请跟我哥哥讲一下。"

程咬金心里想：你倒是做作，刚才逼着人家跟你成亲，现在反倒推到你哥哥身上去了。不过，他也不好意思说什么，只是问："你哥哥呢？请他出来谈一谈好不好？"

这时候，窦一虎正在地下，听了两个人的谈话，心想：我想跟他的妹妹成亲，没想到反而把自己的妹妹嫁给了他。不过，他知道这门亲事并没有辱没了他妹妹，就从地下钻出来，对程咬金说："我就是窦一虎，有什么话跟我讲好了。"程咬金吓得睁大了眼睛，向窦一虎看了又看说："真了不起，你有这种本事，给国家效力多好！"接着谈起做媒的事情，窦一虎知道妹妹的心意，自然一口答应，就教人把薛丁山松绑，请进来，重新见礼。

程咬金说："元帅你就答应了这门亲事吧，我也可以有一杯喜酒喝。"

薛丁山说："我父亲在西凉受伤，我怎么可以在这儿私自成亲呢？这种不忠不孝的罪名，我可担负不起。"

"不要紧！"程咬金说，"一切有我。你父亲虽然不在这儿，你母亲一样可以作主。这媒是我做的，你父亲绝不会怪你。"

薛丁山没法再推，只好答应了。当天晚上，两个人就成了亲。窦一虎烧掉了山寨，率领了喽啰加入唐军，一起向西凉进发。

不久，大军到达界牌关，在关外安下营，准备进攻。

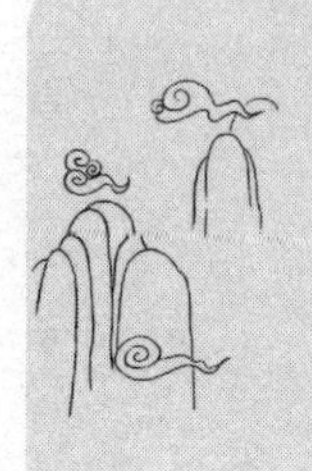

罗通盘肠大战番将

自从唐兵被围困在锁阳城以后，以前打下的三个关又丢了。界牌关的新守将叫王不超，是西凉国的一员老将，已经有九十八岁了，可是本事仍旧高强，用的是一枝矛，重一百二十斤。

他听说程咬金讨救兵来了，就出关到唐营前讨战，指名要程咬金出去。

程千忠愿意出阵，薛丁山答应了。王不超听说他是程咬金的孙子，大声骂道："你老不死的祖父骗了我们的元帅，出关去讨救兵。我要把他砍成千段万段才能解恨。他既然不敢来见我，你来送死也一样。"

程千忠气得不再说一句话，把大斧头劈了过去，两个人就打了起来。打了六十多个回合，程千忠不是对手，跑了回来，对薛丁山说："我打不过他，请原谅我。"

"不要紧,胜败乃兵家常事!"薛丁山说,"还有谁愿意出去会他。"

罗通上前,说:"我愿意去。"薛丁山嘱咐他要小心,罗通便提枪上马出营。两个人报了姓名以后,就杀在一起,杀了八十多个回合,不分胜败,但是双方都已经累得只有喘气的分儿。勉强又打了二十多个回合,薛丁山在营前喊:"不好,罗将军的枪法要乱了!"就下令敲锣,叫他回来。

锣声一响,罗通回过头来,被王不超一枪刺在腰上,拉了一个大口子,肠子都流出来了。薛丁山赶紧派人去救,罗通回来,说:"元帅不要担心,请叫他们继续打鼓,我不杀死老贼,死了也不甘心!"说完,抽出腰刀,割下一幅旗子,把流出的肠子包好,盘在腰间,又冲出阵,大骂:"老番狗,我们再来决一死战!"

王不超吓得睁大眼睛,愣在那儿,一动也不动,连罗通冲到他面前他都不知道,被罗通一枪刺中前心,摔下马来。罗通跳下马,割了他的脑袋,然后又跳上马,跑回营,刚到营前就从马上摔下来,大叫一声死了。

罗通的儿子罗章,见父亲被杀,立刻冲出营,给他父亲报仇。番兵来不及闭关,被他杀进关,杀散了番兵,占领了界牌关。

薛丁山派人护送罗通的棺木回长安,教罗章担任先锋,在界牌关休息了几天以后,就下令向金霞关进发。

大队人马到金霞关外安营,金霞关的新守将叫巴儿赤,听说程咬金请了救兵来了，立刻出关讨战。罗章恨透了番将，上前迎战，杀了不到几个回合，罗章一枪把他刺死，立刻向吊桥冲去，程千忠跟窦一虎也跟着冲过去。番兵见主将死了，都四散逃走。罗章他们很容易就打下了金霞关。

接天关的总兵黑成星，听说连丢了两关，知道没法抵抗，就跟手下的将官商量好，向薛丁山投降。

薛丁山在接天关休息了三天，继续率领大队人马，向锁阳城进发。

苏宝同放走程咬金以后，心里想：他去求救兵，我就攻城，等他的救兵来，我已经攻破城了，救兵有什么用！

因此他下令加紧攻城，就在快要攻下城的时候，救兵来了。

薛丁山率领大队人马到离锁阳城不远的地方放眼望去，只见到处都是番兵番将和旗号，看不见城池。他知道这一仗很重要，就全身披挂，分配战斗任务。他首先点窦一虎、副将王奎率领两万人马，用白旗到锁阳城的西边儿扎营，听号炮一响，就杀进番营。两个人领兵走了。

薛丁山又点程千忠、副将陆成去南营冲杀；又点尉迟青山、副将王云去北营。南营人马用红旗，北营人马用黑旗。两路人马都走了。薛丁山自己则跟程咬金、薛金莲、窦仙童带了其余的人马去东城。

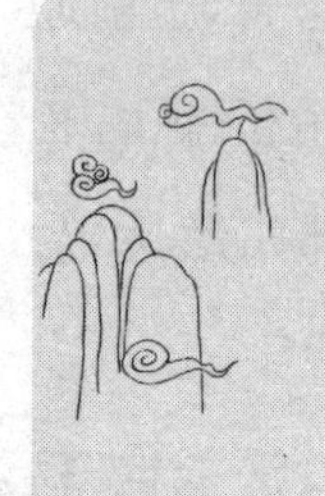

苏宝同化虹逃走

四路人马开到预定的地点，号炮一响，一起杀进番营。

徐茂公见番营大乱，杀声四起，鼓炮不绝，知道救兵到了，报告唐太宗以后，派将官率领人马出城接应。尉迟号怀、秦梦率领一万人马杀出东门；姜兴霸、李庆先率领一万人马杀出西门；周青、薛贤徒率领一万人马杀出南门；周文、周武率领一万人马杀出北门。

打得最激烈的是东门，薛金莲把六个纸圈一扔，都变成了两丈四尺高的金甲神，苏宝同的兵虽多却禁不住金甲神砍杀；窦仙童祭起捆仙绳，专捆番邦的大将。

苏宝同见形势不好，揭开葫芦盖，放出柳叶飞刀来要杀薛丁山，薛丁山头上的太岁盔是一样宝贝，豪光一冲，飞刀不见了。

苏宝同一连放出八把飞刀，只听得半空中叮叮当当一阵响，

都变成了飞灰。他又放出飞镖，薛丁山则射出穿云箭，把飞镖射得无影无踪。

苏宝同吓得想回马逃走，被薛丁山抽出玄武鞭在他背上抽了一鞭。玄武鞭长三尺，鞭梢的青光也有三尺。青光向苏宝同的背上一落，打得苏宝同吐血而逃。

窦仙童见他逃，祭起捆仙绳来捆他，苏宝同知道捆仙绳厉害，变成一道长虹逃了。

其他几路人马也都获得了胜利，薛丁山率领将士们追杀番兵三十多里，才敲锣收兵。

程咬金跟薛丁山率领各将官进城，朝见了唐太宗。

唐太宗问二路元帅是谁，程咬金说："殿下挂榜征求大将，薛元帅的儿子薛丁山揭榜应征。他是王敖老祖的徒弟，身边有十样宝贝，武艺高强。殿下拜他为二路元帅，教他率领了三十万人马来救驾。"

唐太宗听了很高兴，又问："我远远地望见一位女将派出高大的金甲神，砍杀西凉兵将；另一位女将把红绳扔进空中，发出万道金光，把番将捆住；还有一个个儿很矮的将官，在地里钻进钻出，手里拿着黄金棍，打死了很多番兵番将，这些人都是谁？"

程咬金说："派金甲神砍杀番兵的是薛仁贵的女儿薛金莲；用捆仙绳的，我不敢向您报告。"

"你说好了,我不怪你。"

程咬金就把窦仙童跟薛丁山成亲的经过讲了一遍,最后说:"照理说没有得到您和薛元帅的允许,他们是不能这样做的,这完全是我做的媒,您要怪就怪我好了,不能怪他们。那个在地里钻进钻出的,就是窦仙童的哥哥窦一虎。"

唐太宗听了,哈哈大笑,说:"这是好事,我怎么会怪你呢,有没有其他的将官来?"

程咬金报告还有罗通、程千忠、尉迟青山等几个人,并且简略报告了罗通阵亡的经过。

唐太宗听说罗通死了,心里很难过。徐茂公在一旁说:"陛下不必难过,这是天意。罗通以前扫北的时候,曾经向屠炉公主立誓,说如果他背誓,就死在八九十岁的番将手里,现在他果然应了誓了。"

唐太宗教程咬金带着薛丁山去帅府见薛仁贵。程咬金就跟薛丁山母子一起去帅府了。

薛丁山父子重逢

薛仁贵的伤还没有好，程咬金进去，见了他，说："恭喜元帅，你受伤以后，我奉命去长安讨救兵，现在已经请了救兵来，打下了三关，把苏宝同赶跑了。"

薛仁贵听了，说："多谢老千岁，不知道二路元帅是谁，本事比我还大，能够杀退百万番兵。"

程咬金哈哈大笑说："二路元帅不是别人，就是你的儿子薛丁山，奉殿下的命令，带兵来救驾。"

"你不要骗我！"薛仁贵不相信地说，"我儿子丁山以前被我失手射死，怎么能来救驾？"

程咬金把丁山被王敖老祖救去的经过讲了一遍。薛丁山也进来，在床前跪下说："爹，我没有死，被师父救活了。我在山上学了七年仙法和武艺，师父知道皇上有危难，教我赶紧来西凉救驾。殿下封我为二路元帅，我杀退了番兵来见您的。”

薛仁贵高兴地说：“这真难得，我背上受了镖伤，一年了还没有好，你既然是王敖老祖的徒弟，有没有带来什么灵药。”

“师父曾经说您有难，给我一颗灵丹，说敷在受伤的地方，一会儿就好了。”说完就拿出灵丹，含在嘴里嚼碎，敷在薛仁贵的伤口上。不一会儿，伤口发痒，流出黄水，很快就结疤落疤，连伤痕都没有了。

薛仁贵起身下床，心里好不痛快。薛丁山说母亲跟妹妹也来了，在辕门外头。薛仁贵教她们赶紧进来，薛金莲拜见了父亲，报告向桃花圣母学仙法的经过。

薛仁贵见夫人身后还站着一个女的，便问是谁。

夫人说：“媳妇快来拜见公公。”窦仙童上前行礼。薛仁贵不明白是怎么回事，要夫人讲，夫人把薛丁山跟窦仙童成亲的经过讲了一遍。

薛仁贵听了，气得大骂薛丁山：“我生了这样的逆子，怎么还有脸见人！他是二路元帅，被人家捉去，已经不像话，居然还敢私下里成亲，这还得了！”就教兵士把薛丁山绑出去砍头。

夫人急得大哭大叫，可是一点儿也没有用。就在这时候，程咬金大喊：“刀下留人！”上前说，“元帅，这不能怪他，他本来宁愿死也不肯成亲，是我做的媒，劝了半天他才答应。你要杀他不如先杀我老程好了。”

薛仁贵说什么也不肯答应，程咬金急得不得了，幸亏他已经派人去报告唐太宗，唐太宗亲自驾临，给薛丁山说情。

薛仁贵不敢违背圣旨，就下令追回薛丁山的帅印，关他三个月，并且不承认窦仙童是媳妇，教兄妹两个人回山。

窦仙童哭哭啼啼地向婆婆告别，没有人敢给他们说情，最后还是程咬金说：“元帅，窦仙童既然与丁山成亲，就是你家的媳妇，你怎么可以不承认？并且，他们兄妹两个人都很有本事，连丁山都打不过他们。如果他们气不过，兴兵杀上长安怎么办？”

薛仁贵听了，心里也明白了，就说：“既然老千岁这么说，就教他们留下，给国家出力吧。”

程咬金赶紧出去跟窦氏兄妹说。窦氏兄妹听了，就又回来参见了薛仁贵。薛仁贵认了媳妇，窦一虎被称为大舅。

第二天，唐太宗向徐茂公说：“我离开长安已经六年，打算回去休息。这儿的事都交给元帅好了。”于是教徐茂公和文官跟他一起回长安，武官留下来听薛仁贵指挥。

过了几天，唐太宗起驾出营，回长安。薛仁贵他们一直把他送出锁阳城才回来。

苏宝同三打锁阳城

苏宝同被杀得大败，清点了一下人马，损失了好几十万，手下的将官几乎被杀光。他自己不但受了伤，并且飞刀和飞镖都没有了。

他率领着剩下的人马撤退，走了没有多远，忽然见前头有一队人马走来，吓得他魂不附体，以为又是唐朝埋伏的军队，等到走近一看，原来是铁板道人跟飞钹禅师。

两个人看见苏宝同，赶紧说："元帅，听说你被打败，所以我们赶来，跟你商量报仇的事情。"

苏宝同流着眼泪说："只怪我自己不好，放程咬金回去，被他请来救兵里应外合，害得我吃了这么大的亏。我打算暂时回去，等整顿了兵马以后，再来报仇。"

两个人听了哈哈大笑道："元帅，你这样回去，岂不被唐朝兵将笑话。现在我们又带了一队人马来，可以再去打锁阳城，他们刚打了胜仗，一定不会防备。只要捉住薛仁贵父子，其他的人我们就用不着怕了。”

苏宝同接受了这个建议，又率领了三十万人马去把锁阳城包围住。

薛仁贵听到这消息，说：“我知道苏宝同不会死心，幸亏皇上走了，我们少负了不少责任，不要说三十万，即使来三百万，我都不怕他。”就下令各门将士小心防守。

第二天，飞钹禅师到城下讨战，薛仁贵教手下的将官王奎出去应战。飞钹禅师打不过王奎，便祭起飞钹，把王奎的脑袋打碎。

薛仁贵又教陆云、王成两个人出去，结果又被飞钹打死。

这一来，谁也不敢出去了，只有窦一虎愿意去，薛仁贵说：“听说你能在地底下走，大概没有问题，可是也得小心。”

窦一虎率领了三千人马出城，因为他长得矮，到飞钹禅师面前，飞钹禅师并没有看见。他向飞钹禅师腿上打了两棍，飞钹禅师疼得不得了，一低头，见一个矮子在他面前跳来跳去，赶紧用飞钹打下，窦一虎知道厉害，身子一扭就不见了。

飞钹禅师想：中原有这种奇人，难怪我们会被打败。没有办法，只好回营。

窦一虎到城下，从地下钻出来，率领军队回城，对薛仁贵说：“禅师的飞钹果然很厉害，如果不是我能在地底下走，早都被打成肉泥了。”

第二天，飞钹禅师又到城下讨战，薛仁贵挂出免战牌，一连三天都是这样。他召集将官们商量，问大家有没有对付的办法。

大家主张放薛丁山出来对付，薛仁贵不答应。又过了三天，薛仁贵实在没有办法，挂出榜文，说谁能打败飞钹禅师，破了他的飞钹，就请皇上封他为万户侯，送他锦袍一件、玉带一条、黄金千两。

窦一虎见到榜文，就去向薛仁贵说：“元帅，我有破飞钹的办法，不过，我不要什么万户侯和黄金，我只请求元帅把薛金莲小姐嫁给我。”

薛仁贵听了很气，说：“你这笨东西，我的女儿怎么能嫁给你。如果你破了飞钹，我一定给你报酬，可是亲事绝不能答应你。”

“这样说，我还是回我的棋盘山去了。”窦一虎说完，一扭身子就不见了。

薛仁贵心里想：目前正是用人的时候，他一走，就没有人能破飞钹，不如先骗他破了飞钹再说。就向地下说：“好，窦将军，我答应你。”

“那么我应该叫你岳父了！”窦一虎从地下钻出来说。

薛仁贵气在肚子里，问他有什么办法破飞钹。

窦一虎说："我打算今天晚上去番营，偷了飞钹，杀了禅师，不就行了吗？"

那天晚上，窦一虎钻进地下，进入番营。

飞钹禅师连打了几个胜仗，苏宝同设宴庆功，并叫人把飞钹挂在长竹竿上，叫祭宝会。

窦一虎把头伸出来，向上看，恰好被苏宝同看见，告诉了飞钹禅师。飞钹禅师一面用指地金刚法，把地面变硬，一面祭起飞钹。窦一虎刚从地下钻出来，见飞钹禅师用飞钹打他，吓得赶紧向地下钻，没想到地面变得很硬，他再也钻不下去。

飞钹落下来，两下里一合，他就被合在钹里了。这时他记起师父曾经给过他一颗丹药，说如果有难的时候，吃了这颗丸药，可以免灾除难。就从衣缝里拿出丸药，放进嘴里，然后安心住在钹里。

苏宝同问飞钹禅师，既然抓住矮子，为什么不杀了他。飞钹禅师说："他是王禅老祖的徒弟，会仙法，杀不了他。把他关在钹里，不管他有多大的神通，一过七天，他都将化为浓血。"

苏宝同自然很高兴，直称赞飞钹禅师。第二天早上，薛仁贵见窦一虎没有回营，就教程千忠去打听。程千忠回来说，番营里没有动静，也没有挂出窦一虎的头。薛仁贵心里很烦。兵士又来报告，说铁板道人来讨战，他教人挂出免战牌。铁板道人得意地回营。

一天，双龙山莲花洞王禅老祖正在打坐，忽然心血来潮，算出大徒弟有难，就把三徒弟秦汉叫到面前，对他说："你师兄在西凉锁阳城外有难，你快去救他。我给你两样宝贝，一样叫钻天帽，戴上这帽子可以上天；一样叫入地鞋，穿了以后可以入地。我再给你一道灵符，贴在飞钹上，飞钹自然会开开。救出你师兄以后，就在薛元帅那儿帮他打西凉。"

秦汉向师父告别，戴上钻天帽，不一会儿，就到了锁阳城。

薛仁贵正在跟将官们商量事情，忽然看见一个矮子从天上落下来。大家以为他是窦一虎，等到他走近，才知道不是。

秦汉上前，薛仁贵问他："你是哪儿来的怪物，从天上落下来？"

"我是秦叔宝的孙子，秦怀玉的儿子秦汉。"秦汉笑道，"我三岁的时候，被王禅老祖带去做徒弟，学了十三年的道。今天师父教我下山救师兄窦一虎，也教我帮元帅打西凉国。"

薛仁贵听了高兴地说："原来你是王禅老祖的徒弟，秦驸马的儿子。你师兄去番营偷飞钹，已经七天没有回来，麻烦你去看一看。"

"好，我马上就去。"他刚要走，秦梦来跟他相见。他说："等我救了师兄回来，再慢慢地谈。"说完戴上钻天帽，轻轻飞出锁阳城，落在番营里。他用狼牙棒打死一个番兵，穿了他的衣裳，到处打听他师兄的消息。

恰好前头来了一个小番，手里拿着一枝令箭，秦汉问他哪儿去。小番说："上次来偷飞钹的那个矮子，被军师抓住，合在飞钹里。今天满七天，大概已经化成浓血了，军师教我去拿飞钹给他。"

秦汉知道这是救他师兄的一个好机会，就打死那个小番，拿了他的令箭，去帅营见苏宝同要飞钹。

苏宝同见了令箭，就教手下把飞钹给他。秦汉接过飞钹，戴上钻天帽，飞出番营。他不知道师兄是不是还活着，就叫了一声。窦一虎听是师弟秦汉的声音，就问他来干什么。

"师父教我来救你，"秦汉说，"现在我要带着飞钹去向元帅请功。"窦一虎很着急，心里想：如果当着元帅的面从飞钹里出来，一定会被大家笑话。就喊："师弟，你就在这儿放我出来吧！"

秦汉说："师兄，你已经在里头待了七天，难道连这一会儿都不能忍耐！师父要我拿到元帅面前放你出来，请不要怪我。"说完，已飞到城里，在帅营前落下，教兵士去报告薛仁贵。

薛仁贵教他进去，问他有没有见到窦一虎，他把飞钹放在地上，说："我师兄就在这飞钹里，请元帅打开来看。"

薛仁贵教兵士开飞钹，他们用尽了力气也打不开。将官们上前，用刀剑斧头猛劈，也都劈不动。

薛仁贵问秦汉怎么办，秦汉说："不要紧，师父给我一道灵符,把灵符贴上,它就打开了。”说完,贴上灵符,飞钹果然打开。窦一虎从里头跳出来,羞得用两只手蒙住脸,大家见了,都笑了起来。薛仁贵教窦一虎去休息,又教人收了免战牌。

飞钹禅师不见小番回去,觉得奇怪,忽然小番来报告,说他派去的小番被打死了,元帅凭令箭交钹,现在连人带钹,都没有影儿了。

飞钹禅师吓得魂不附体,说:“矮子被救走不要紧,连我的飞钹也拿走,可坑了我。我完全靠飞钹才能打胜仗,没有了飞钹还打个什么劲儿呢!”

铁板道人安慰他说:“不要紧,我还有十二面铁板呢,等我们打败了唐兵以后,你再慢慢地炼好了。”

第二天,铁板道人就到城下讨战。

薛仁贵问谁愿意出去,秦汉说愿意去。薛仁贵教他带三千兵士出城。

铁板道人见城里出来另一个矮子,哈哈大笑:“唐朝难道没有大将,只有矮子不成!”话还没有说完,秦汉已经到他面前,拿着狼牙棒往他腿上就打,他赶紧用剑架住。打了二十多个回合,铁板道人见赢不了秦汉,就祭起铁板,向秦汉打来。秦汉一蹬入地鞋,立刻不见了。

铁板道人见了大惊,心想:怎么唐营有这么多奇人!上次那个

矮子会地行术，没想到这个矮子也会。他没有了对象，只好回营。

秦汉到城边，也收兵回城，回到帅府交令。

第二天，铁板道人又来讨战，薛仁贵问谁愿意去。秦汉上前，说："今天，我一定要把妖道活抓回营。"薛仁贵教他小心，他带着原来的三千人马出城。

两个人一见面就杀了起来，道人杀不过，念动咒语，忽然天昏地暗，无数的鬼怪杀向唐营。

秦汉戴上钻天帽，飞上云端，发了一个掌心雷，立刻太阳又出来，鬼怪都没了。

铁板道人见了发慌，心里想：昨天他钻进地下，今天又上了天，这仗怎么打法？于是决定收兵回营，另想对付的办法。秦汉知道铁板道人的花样多，一时抓不住他，也收兵回营。

第二天，铁板道人又到城下讨战。薛仁贵问谁愿意去，周青等八个总兵说，愿意出去试一试。

八个总兵出城，把铁板道人围住，铁板道人招架不了，赶紧祭起铁板，八个人喊了一声不好，都被打中后心，从马上摔下来。窦一虎跟秦汉赶紧冲上前跟铁板道人打在一起，兵士乘这机会把八个总兵救了回去。

铁板道人知道赢不了两个矮子，回马走了。两个矮子也没心思打，收兵回城。

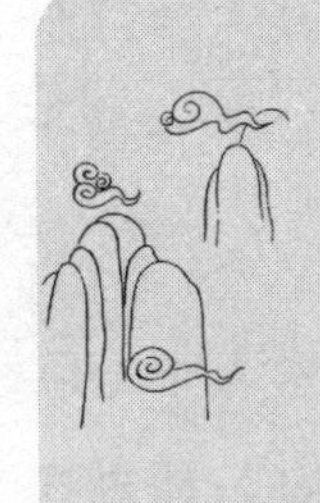

薛丁山破铁板道人

薛仁贵听说八个总兵受伤，又急又慌，不知道怎样是好。

程咬金向他说："去年元帅中了飞镖，拖了一年，幸亏小将军来了才治好。现在八位总兵很危险，希望元帅把小将军放出来，好赶紧用灵丹救他们。"

薛仁贵没有办法，只好答应，教人把薛丁山放出来。

薛丁山到帅府拜见了父亲，薛仁贵问他还有没有灵丹，薛丁山说有。薛仁贵就教他到后营去用仙丹救八位总兵。

薛丁山到后营，拿出仙丹，放在嘴里嚼碎，敷在八位总兵的伤口上，不一会儿，就完全好了。八个人都站起来，向薛丁山道谢。

薛仁贵听了很高兴，教薛丁山去后堂叩见母亲，见妻子跟妹妹，吩咐设宴，合家团圆。

第二天，苏宝同加紧攻城，铁板道人率领了两万人马打东门；飞钹禅师率领了一队人马打南门；他自己带了大队人马打北门，只留下西门不打。

薛仁贵接到报告，立刻升帐，教窦一虎、秦汉两个人带一队人马冲出南门；教薛丁山、窦仙童带一队人马冲出东门；他自己跟女儿薛金莲率领了一队人马冲出北门，互相约好，一听见号炮响，就各自进兵。其余的将士都留下守城。

薛丁山冲出东门，遇见铁板道人。铁板道人祭起铁板来打薛丁山，薛丁山头顶上射出一道红光，铁板变成了飞灰。铁板道人又祭起一块，又变成了飞灰，他接连祭起了十块铁板，都被烧光。他吓坏了，不敢再打，回马就走。薛丁山夫妇在后头追。

薛仁贵跟女儿薛金莲冲出北门，正好遇见苏宝同。苏宝同打不过，放出飞刀，没想到薛金莲有金甲神保护，飞刀被金甲神收了去了。接着金甲神扑向苏宝同，他不敢抵抗，化成一道长虹走了。

飞钹禅师打南门，也被窦一虎、秦汉两个人打败。三路人马追杀番兵，追了三十里，薛仁贵才下令收兵。

苏宝同、铁板道人和飞钹禅师，三个人聚集在一起，清点人马，三十万只剩下了一万。三个人抱头大哭，一起商量，只有各自回仙山，炼宝贝再来报仇。

三个人带着剩下的人马回去，走近寒江关的时候，见前头驻扎着一支人马，军旗上写着“征东皇后”几个字。

苏宝同高兴地喊：“我姐姐苏锦莲来了。”说着便到营中拜见，苏锦莲问他仗打得怎样，他报告了失败经过。苏锦莲说：“狼主教我率领四十万人马来帮你的忙，你既然要上仙山炼宝贝，就把帅印交给我好了，我倒要去看看他们有些什么本事。”

苏宝同把帅印、兵符交给了苏锦莲，跟铁板道人、飞钹禅师分别回仙山炼宝贝去了。

苏锦莲率领了大队人马，到锁阳城外安下营盘，把锁阳城又给包围住。薛仁贵正打算继续进兵，接到苏锦莲来围城的报告，就向将官们说：“一个小小的番后，居然也敢来跟我打，趁她还没有安好营，我们要杀得她一个不剩。”就教周青等八个总兵出城，向番营冲杀。

八位总兵率领了一万人马出城，上前把苏锦莲包围住，苏锦莲打不过，放出葫芦里的火乌鸦，把周青等八个人烧得焦头烂额，一万人马被杀得只剩下两千。

薛仁贵见八个人败退回来，心里很慌，就教薛丁山出去，教窦一虎、秦汉两个人去接应。

三个人出城，薛丁山向苏锦莲冲去，苏锦莲放出火乌鸦，薛丁山射出穿云箭，火乌鸦立刻没了影儿。苏锦莲又祭起神鞭，打中了薛丁山的后心，幸亏他身上穿着天王甲，否则这一鞭就送了他的命了。

薛丁山被打得盲目奔逃，苏锦莲在后头追。逃了一百多里，眼看就快要被追上，薛丁山正在着急的时候，忽然见前头一个女的，手里拿着铁锤，在打一只老虎，知道她的本事不小，就向她求救。她问薛丁山叫什么，薛丁山说："我叫薛丁山，是平辽王薛元帅的儿子。刚才被人打中后心，逃到这儿来，她在后头追我，请救救我！"

"不要紧！"那个女的说，"你暂时躲一躲，等我来对付她。"

薛丁山刚躲好，苏锦莲就追到面前，问那个女的有没有看见一个少年将军，那个女的说："他在树林里。"苏锦莲就追进树林。没想到那个女的把打死的那只老虎向她头上打去，她没有防备，被打下马来。薛丁山赶紧上前，割下她的头，同时向那个女的道谢，问她叫什么。那个女的说："我姓陈，叫金定，父亲叫陈云，是隋朝的总兵，奉旨来这儿借兵，不能回中原，就在这儿住下来，我没有兄弟，我们靠打柴过日子。"

薛丁山说："我现在因为要回去交军令，不能详细地跟你谈，明天再来好了。"说完就回营，把经过情形报告了薛仁贵。薛仁贵教程咬金带薛丁山去向人家道谢。

第二天，程咬金跟薛丁山到陈金定家里，跟陈云见面，陈云

对程咬金说:“老千岁,我早就想去大唐,没有机会。我女儿是武当圣母的徒弟,圣母说她跟薛世子有姻缘之分,如果世子愿意,我明天就送她去大营,跟世子成亲。我就留在营里效力,不知道老千岁肯不肯做一下媒?”

程咬金一口答应,回到大营跟薛仁贵讲,薛仁贵答应了,程咬金又去跟陈云讲。陈云就跟他妻子送女儿到大营,当天晚上就成了亲。

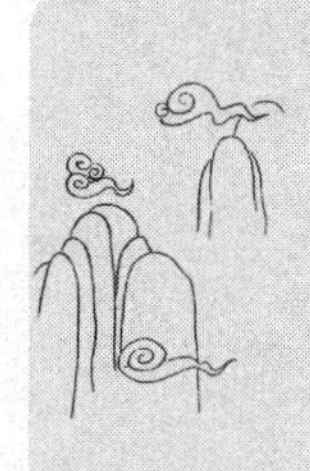

樊梨花移山倒海

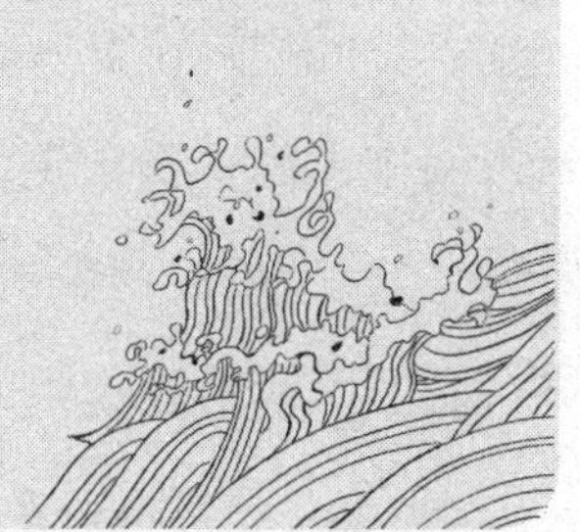

苏宝同逃走，苏锦莲被杀，附近的州县都来投降。薛仁贵一面派人去长安报告，一面准备进兵。他教薛贤徒带一万人马去镇守界牌关；派周文镇守金霞关；周武镇守接天关；然后跟陈云商量进攻寒江关。

陈云说："寒江关离这儿四百里，中间隔着一道寒江，没有船不能过去。寒江关的守将叫樊洪，他有两个儿子，大儿子叫樊龙，二儿子叫樊虎，都很厉害。"

薛仁贵派人去造船，造好以后，停泊在江口，然后教王心溪、王心鹤带五万人马守锁阳城，自己点了三十万人马，教罗章做先锋，向西进发。

到了江边，大队人马上船。樊洪接到唐兵过江的报告，立刻教樊龙、樊虎两个人率领十万人马下江拦击。薛仁贵下令只许前进，不许后退。秦梦对樊龙，罗章接着樊虎，两下里打了起来。樊洪也冲上前，被窦一虎接住。樊龙打不过秦梦，樊虎打不过罗章，两个人都受伤败退。薛仁贵下令追赶，樊家父子上岸，到关里去了。大唐人马一直杀到关前，关上打下滚木、火炮，大家只好退回，薛仁贵教人安下营盘，商量以后再打。

樊家父子败退进关，心里很着急，樊夫人说："幸亏女儿梨花前几天回来，她身边一定有灵丹。"

"对啦!"樊洪说，"我们不用再怕唐兵了。女儿跟梨山老母八年，不但学会了移山倒海、撒豆成兵的法术，并且身边有诛仙剑、打神鞭、混天棋盘、分身云符、乾坤圈等各种宝贝，她一定有灵丹。"就教侍女去叫她。

樊梨花来到中堂，她父亲对她说："薛仁贵领兵杀到寒江，我跟你哥哥下船去拦他们，没想到被打败，你两个哥哥都受了伤。不知道你身边有没有灵丹可以救你哥哥，有没有办法杀退唐兵?"

樊梨花听了，心里想:师父说我应该嫁给大唐的小将薛丁山，所以教我下山，现在他果然来了，我怎么办呢?她想了一会儿，决定先把两个哥哥的伤治好，跟唐营打两仗再说。

她拿出灵丹，敷在哥哥的伤口上，伤很快就好了，樊氏父子自然都很高兴。第二天，樊梨花出关，指名要薛丁山出阵。

薛仁贵偏不教薛丁山出去，教窦一虎跟罗章两个人出阵。

樊梨花打不过两个人，把刀尖一指，立刻四面喊声大起，两个人抬头一看，见很多穿金盔金甲的人杀来。吓得唐兵四散逃走，两个人没法抵抗，只好收兵，报告薛仁贵。

薛仁贵又教窦仙童出去，被樊梨花祭起打神鞭，打中胳膊，逃了回来。

陈金定不服气，请元帅派她出去，结果樊梨花祭起诛仙剑，陈金定腰部受伤败退回营。

薛仁贵见一连伤了好几个大将，气坏了，教女儿出去。

薛金莲出阵，见樊梨花不但本事大，长得也很好看，对她有了好感，想劝她投降，就说："樊梨花，你既然有这么大的本事，为什么不向我们投降，嫁一个好丈夫呢？"

樊梨花说："你叫什么名字，我师父要我嫁给薛丁山，所以我指名要见他，没想到他不肯出来见我。"

薛金莲微笑道："我是大唐元帅薛仁贵的女儿，薛丁山的妹妹薛金莲，你既然要见我哥哥，我回去跟我父亲讲，明天教我哥哥来见你好了。"说完各自收兵。

薛金莲回营，把樊梨花的话转告她父亲跟哥哥。第二天，樊梨花又来讨战，薛仁贵教薛丁山出去。

樊梨花见薛丁山长得很好看，薛丁山也觉得她很漂亮，他的两个妻子跟妹妹都不如她。

樊梨花提起亲事，薛丁山骂道："我堂堂唐朝的大将，怎么能娶你，你不要做梦了。"说完，就拿戟刺了过去。

樊梨花挨骂，心里很生气，用双刀架住，两个人打了三十多个回合，樊梨花念动咒语，立刻出现一座高山，挡在薛丁山面前，四面昏昏沉沉的什么也看不见，薛丁山被樊梨花活抓了过去。

樊梨花问他："你现在答应不答应我的婚事？"

薛丁山睁开眼睛，见自己被绑住，知道逃不了，想骗她一骗，就说："我要回去跟我父母商量了才能决定。"

樊梨花说："只要你真心答应我就行，我要你起个誓。"

薛丁山心里想：这女的倒很老实，我起一个没有着落的誓好了。就说："如果我辜负了你，教我吊在半空中，没有存身的地方。"

樊梨花见他起了誓，就亲自解开绑在他身上的绳子，放他回营。

没想到薛丁山走了没有多远，忽然又回头大骂："你这不要脸的东西，我刚才不小心被抓住，你不要以为我真的要娶你。"

樊梨花也大骂薛丁山不讲信义，两个人又打了起来。打了一会儿，樊梨花念动咒语，前头立刻出现一座山，她假败上山，薛丁山追上山，追到半山，忽然听见一声雷响，樊梨花不见了。薛

丁山见四周都是高山，没有路可走，心里很着急。就在这时候，忽然听见山顶松林里，有一个樵夫在砍柴。薛丁山大喊："砍柴的先生，请救一救我，如果能救我出山，我一定重重谢你。"

樵夫向下望，看见薛丁山，就问："小将军，你怎会跑到这儿来的?"

薛丁山说："我追一个女的，追到这儿迷了路了。"

樵夫听了，说："好，我把捆草的绳子扔下来，你拴在腰上，我拉你上来好了。"

不一会儿，薛丁山见山上垂下来一根绳子，就把绳子的一头拴在腰上，向山上喊："拴好了，你向上拉吧!"

樵夫用力向上拉，拉到半山之间，把绳子的另一头拴在松树干上。这样，薛丁山就不上不下，悬空吊着。

薛丁山问樵夫为什么把他吊在半空中，樵夫说："这是应你自己的誓，你会骗人，我也骗你一下。现在你吊在半空中，没有存身的地方，我走了。"

薛丁山正着急的时候，忽然来了两只松鼠，把绳子乱咬，咬断了两股，绳子差一点儿就要断了，吓得薛丁山哭了起来。就在这时候，他忽然听见山上有女人的说话声，就大喊救命。

山上的女人把他拉了上去，他向那个女的道谢。那个女的说："你不要谢我，是我家的小姐教我救你上来的。"

“小姐呢?”薛丁山问道。

“就在前头那间房子里,”那个女的说,“她教我带你去见她,她有话跟你说。”

薛丁山就跟着那个女的进入前头的房子里,到大厅里,看见小姐坐在那儿,就上前道谢。

小姐问他怎么会被吊在那儿,薛丁山说明经过。小姐说:“樊梨花跟我是亲戚,她是梨山老母的徒弟,长得漂亮,本事又大,你为什么不答应这门亲事呢?我来给你们做媒好了,如果你不答应,就不要想离开这儿。”

“我已经有了两个妻子,”薛丁山说,“别的事可以答应你,这件事绝对不行。”

小姐听了,生气地说:“我好意救你上来,这件亲事你不肯答应,就不要想走。”说完,只听得一声雷响,小姐、侍女、房子和山都不见了,他仍旧在原来的战场上,不过,他被关在囚车里。

樊梨花站在他面前,说:“你再不答应,我就杀了你。”

薛丁山说:“好,我回去跟我父母说。”

“你再起个誓!”

“好,我再反悔,教我落在大海里。”

樊梨花就教番兵打开囚车,放了他。

没想到薛丁山一上马就骂道:“你这不要脸的东西,这么欺侮我，还指望我跟你成亲，简直是做梦，你有种过来，跟我痛痛快快地打一场，不要尽仗妖法欺侮人。”

樊梨花知道他会反悔，也不气了，上前又打在一起。打了十多个回合，她念动咒语，薛丁山觉得前头一片昏暗，立刻被番兵抓下马绑住。他再一打量，见自己是在海滩上，前头是白茫茫的大海。他大喊救命，见前头来了一只大船，船上坐着一位太子。太子教手下人把他救上船，问他被谁害的。薛丁山说明跟樊梨花打仗的经过，请太子送他回大营。

太子说：“樊梨花这么爱你，你应该答应她才对。否则，她神通广大，你不是白吃亏了吗？”

“我是王敖老祖的徒弟，我有难，他一定会来救我的。”薛丁山说，“婚事我绝对不答应。”

太子听了大怒道：“你不听我的话，我也不救你了。”就教手下搬来一块大石头，把薛丁山绑在石头上，连人带石头一起扔进海里。

薛丁山以为这次一定活不了了，没想到只听“扑通”一声，太子、船和大海都不见了，他被绑在山脚的一块大石头上。他的马仍旧站在旁边。

樊梨花飞马过来，大声喊：“薛丁山，你现在还有什么话说？”

薛丁山说：“我服了你，你放我回去，我立刻请媒人去你家里好了。”

“你两次起誓，我都教你应了誓，”樊梨花说，“这次我要你起个重誓才行。”

薛丁山说：“如果我再变心，教我死在刀剑之下。”

樊梨花见他起了这么重的誓，大概不会是假的了，就亲自上前解开绑在他身上的绳子，教他回营。

薛丁山回到大营，向他父亲报告经过情形，最后说：“我宁愿死也不答应她，明天我还要出去跟她拼一拼。”

程咬金听了，哈哈大笑，对薛仁贵说：“我们可以平定西番了！”

薛仁贵问他凭什么这样说，程咬金说：“这女的有这么大的本事，如果真的跟世子成了亲，她父亲、哥哥再向我们投降，我们不是可以平定西番了吗！”

薛仁贵听了很高兴地说：“好，就麻烦你做媒吧！”

“包在我身上，”程咬金说，“明天我就去。”

樊梨花收兵进关，向她父亲报告打败唐将的经过，她父亲自然很高兴。

接着樊梨花提起要嫁给薛丁山的事情，她父亲可气坏了，大骂道：“你这不要脸的东西，婚事应该由父母做主，你怎么可以私自跟人家定亲？我不能要你这种女儿！”说完，就拔出腰间宝剑来砍她。

樊梨花见她父亲气成这样子，自己又没法躲，只好也拔出剑招架。这一来，她父亲更火大了，喊："好，你想杀我是不是？"说完，又是一剑砍过去。没想到他脚上穿的皮靴一滑，身子向前一跌，恰好他的咽喉撞在了樊梨花的剑尖上，立刻摔倒在地上，死了。樊梨花吓得大哭，喊道："爹，我绝不是有心要杀你的。"

早有人去报告樊龙、樊虎，弟兄两个人赶来，大骂道："你为什么要杀父亲，我们不能饶你。"两人举剑砍去，无论樊梨花说什么，他们都不听。樊梨花没有办法，只好用剑招架，三个人杀在一起，樊龙、樊虎不是对手，都被杀了。

樊梨花见自己连杀了两个哥哥，不知道怎样是好，放声大哭。她母亲知道了，魂都吓掉了。到前头看见地上躺着三具尸首，大哭一声，晕倒在地。

樊梨花好不容易把她母亲救醒，劝了又劝，解释了又解释，并且说，如果薛丁山知道了这件事，他们的婚事就没有指望了。她母亲没有别的办法，只好答应了她，由着她去做。

樊梨花收殓了她父亲跟哥哥的尸首，吩咐家里的人，不许把这件事泄露出去。

第二天，她传令三军，准备投降，城头上扯起了降旗。恰好程咬金到城外看见，心里很高兴。樊梨花母女迎接程咬金进关，程咬金问樊梨花她父亲跟哥哥哪儿去了。樊梨花推说他们有病，有什么事情，她母亲跟她可以做主。

程咬金提起给薛丁山做媒的事情，樊梨花跟她母亲都一口答应，并且请薛元帅率领军队进关。

程咬金回营报告薛仁贵，薛仁贵自然很高兴。只有薛丁山不乐意，可是他又不敢违背他父亲的意思。

薛仁贵下令三军，开进寒江关，当天晚上，薛丁山就跟樊梨花成亲。薛丁山问她父亲、哥哥哪儿去了，樊梨花推说他们有病，薛丁山不相信，一定要她说清楚。樊梨花知道瞒不住，早晚还是要被他知道，就把经过情形讲了一遍。

薛丁山听了大骂："你不忠不孝，现在杀你父亲、哥哥，将来还得了，我不能留你！"说完就拔出宝剑向她砍去。

樊梨花再三解释，薛丁山说什么也不听。樊梨花也火了，拔剑招架，两个人就在洞房里杀了起来。

侍女赶紧去报告元帅，元帅教两个媳妇去劝。陈金定把薛丁山拉出去，窦仙童拦住了樊梨花。陈金定把薛丁山拉到元帅面前，元帅骂道："畜生，樊小姐神通广大，我们这儿没有人是她的对手，她奉师父的命令嫁给你，向我们投降，对国家很有利，你跟她闹翻了，谁能对付她。快进房去向她赔罪，否则我用军法处治你。"

薛丁山说什么也不肯答应，元帅教人把他捆打三十下，暂时关起来，然后请程咬金去劝慰樊梨花。

程咬金去见樊梨花，说元帅已经处罚薛丁山，把他关了起来，教她暂时忍耐一些时候，等薛丁山回心转意。樊梨花说："我生是薛家的人，死是薛家的鬼，不管他怎样待我，我都等着他好了。"

程咬金连声说："难得！难得！"向元帅回话去了。

樊梨花越想越伤心，就借土遁去梨山，问她师父。梨山老母说："我先跟你讲一个故事，听了这故事，你就明白了。以前，有一天，在蟠桃大会上，玉帝驾前的金童打碎了琼瑶，玉女失手打碎了水晶屏。玉帝很生气，要处罚他们。南极老人说他们两个人闹着玩儿，有思凡的心，希望玉帝罚他们下凡，结成夫妻。

"玉帝就罚他们下凡。玉女出来的时候，遇见披头五鬼星，见他长得很难看，忍不住笑了一下，五鬼星以为玉女对他有意，也跟着下凡。金童见她遇见人就笑，骂她轻贱，玉女回头向金童啐了三口。金童是薛丁山，玉女就是你。五鬼星就是白虎关的杨藩。你们之间虽然有一番挫折，但是以后还是会和好的，不必担心。将来薛仁贵打青龙关的时候，有妖仙摆烈焰阵，他们不能破，我送你请仙金钱，你好请仙人帮忙破阵，快回去吧，有急难的时候，再来见我。"樊梨花听了，没有话说，告别师父，借土遁回了寒江关。

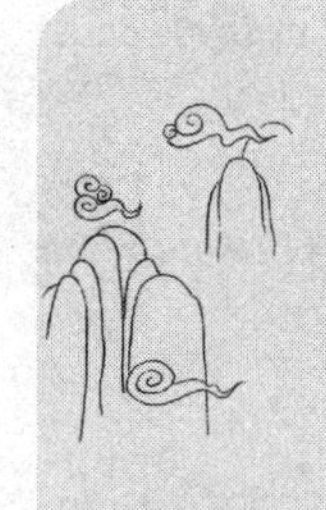

薛丁山身陷烈焰阵

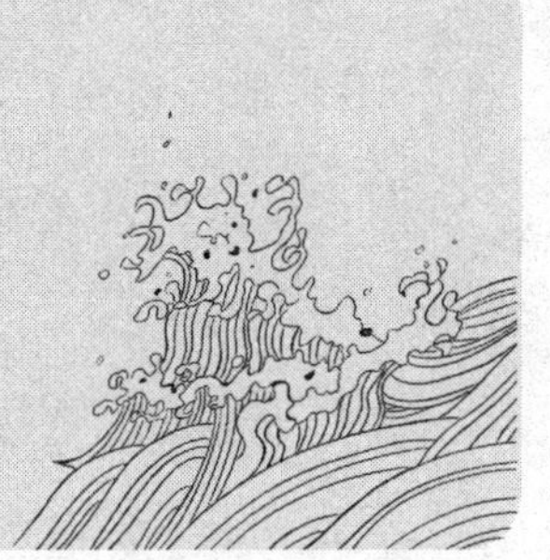

薛仁贵在寒江关休息了五天，教李庆红留下来镇守，然后率领了大队人马，向青龙关进发。到青龙关外安营，准备第二天打关。

青龙关的总兵叫赵大鹏，听说唐兵已经开到关外，立刻集合手下的将官，向他们说："今天晚上，我们出城去杀他们，他们一定没有防备。"

那天晚上，唐营果然没有防备，到三更的时候，薛仁贵被喊杀声惊醒，立刻披挂上马应战。赵大鹏杀进大营，有几个唐将接住，他祭起化血金钟，可怜唐营几个副将，都不幸遭难。窦一虎跑过来，赵大鹏祭起金钟，窦一虎一扭身子就不见了。赵大鹏一直杀到天亮才收兵。

薛仁贵清点人马，损失了几千兵士、十个副将。就在这时候，赵大鹏又来讨战。薛仁贵教窦仙童、陈金定两位女将出阵。

赵大鹏见出来两个女将，心里想：大概唐营男将官都被我杀光了，不管他男将女将，我用宝贝杀他个精光。

双方打了没几个回合，赵大鹏祭起金钟，两人赶紧回马逃走，败回营中。

薛仁贵心里很烦。赵大鹏又来讨战，没有一个人敢出去。程咬金说："世子神通广大，我保他能破金钟。"

薛仁贵一面教人挂出免战牌，一面对程咬金说："只要你敢保就行。"就教人放出薛丁山。

第二天，赵大鹏又来讨战，薛丁山带了宝贝出阵。两个人见面就打，打了一会儿，赵大鹏不是对手，祭起金钟。没想到薛丁山头上戴着太岁盔，射出万道金光，金钟落在地上，摔成粉碎。

赵大鹏吓坏了，愣了一下儿，被薛丁山一戟刺死。大家正要抢关的时候，忽然有一个道人降落在关上，他是蓬莱山的朱顶仙，见徒弟赵大鹏被杀，立刻飞到关上，教番兵打下滚木火炮。薛仁贵见关上有防备，就下令收兵。

那天晚上，朱顶仙在关下摆了个阵图，叫烈焰阵，相当厉害。第二天早上，他出阵，指名要薛丁山出去。薛丁山出阵，两个人打了三十多个回合，朱顶仙不是对手，回马进阵。薛仁贵教窦一虎、秦汉两个人带了一个副将和三千人马，也一起冲进阵中。

朱顶仙把背上的葫芦拿下来，揭开盖，放出无数的烈火，立刻满阵大火，十个副将和三千兵马全被烧死。窦一虎看情形不好，一扭身子，钻进地下走了；秦汉也戴上钻天帽，上天走了；只有薛丁山陷在阵里。幸亏他身上穿着朱雀袍，火烧不到他身上。

秦、窦两个人回营报告元帅，元帅大惊，柳夫人、金莲，都放声大哭。窦仙童、陈金定听说丈夫陷在烈焰阵里，都要去救。

元帅说："你们去白送性命，不如请程老千岁去寒江关，请三媳妇来，她能移山倒海，一定能破阵。到那时候，不怕丁山不跟她成亲。"

夫人认为这意见很对，就立刻写了封信交给程咬金，程咬金立刻上马去寒江关。

樊梨花读过信，不敢违背婆婆的意思，就跟程咬金一起去青龙关。

进关以后，大家迎接樊梨花进营。樊梨花向元帅跟夫人说："他不要我，我已经出家修道，不管俗事了，希望元帅夫人不要见怪。"

夫人流着眼泪说："媳妇，丁山虽然不对，可是你应该以国家为重。他现在陷在妖道的阵里，不知道是死是活，如果能救他出来，他感激你，自然会跟你和好。"

樊梨花说："既这样说，我去看看。"

元帅教薛金莲、窦仙童、陈金定陪着她去。四个人带了一队人马出营，在阵外看了一会儿。樊梨花说："这阵很厉害，要破可不容易。”

薛金莲问这阵叫什么阵，樊梨花说：“这阵叫烈焰阵，是周朝十绝阵里的第九阵，普通人一进阵就变成灰尘。幸亏世子是王敖老祖的徒弟，身边的宝贝很多，还不大要紧。如果要破这阵，一定要我暂掌兵权，好调兵遣将，召请仙人来帮忙才行。”

薛金莲说：“只要能破这阵，我就去跟父亲讲一声，请他暂时把帅印交给你掌管。”

几个人看了一会儿以后，准备回营，没想到被朱顶仙知道了，出关来杀她们。樊梨花祭起斩仙剑，朱顶仙吓得逃进阵里去了。

四个人回到营里，薛金莲把樊梨花破阵的意见告诉元帅。元帅说：“这样太好了。”就下令三军，准备第二天开仗。

第二天，各将官都全身披挂，在帐前等候命令。樊梨花升帐，元帅送上兵符帅印。

樊梨花开始分配任务，第一个传秦汉，对他说：“你有钻天帽，你把手伸过来，我在你手上画一个五雷符。你在天空等着，有人上去，你就用雷打他。”

秦汉走了，樊梨花接着对窦一虎说：“我也在你手心里画一个符，你在地下等着，如果朱顶仙来，你就用雷打他。”

窦一虎也走了。樊梨花教窦仙童拿一面青龙旗守住东方；教薛金莲拿一面红云旗守住南方；教陈金定拿一面白虎旗守住

西方；教罗章拿一面黑星旗守住北方。四个人分别走了。

最后樊梨花教手下的一个副将拿着黄龙旗和她一起去阵中间。到了阵前，见阵里烈火腾空，没法进去，想起师父曾经给她请仙金钱，就拿出金钱，向天祷告，立刻落下一位仙人，樊梨花问他叫什么，他说："我是蓬莱山散仙谢应登，特地来帮你破阵。"

樊梨花说："谢谢大仙，请快进阵消灭烈火。"

谢应登解下背上的葫芦，揭开盖，放出雪白的一道亮光，变成四条白龙，张牙舞爪，不一会儿，就满天乌云，落下倾盆大雨，立刻把烈火淋灭。

朱顶仙见他的烈焰阵被破了，气得不得了，出来抬头一看，见谢应登在云头上，吓得他魂不附体。

谢应登用剑向他砍去，他身上忽然长出两个翅膀，飞向东方，恰好撞在青龙旗上，逃不出去。他向西走，遇见了白虎旗，向南遇见红云旗，向北遇见黑星旗。最后他实在没有办法就借土遁，窦一虎在地下看见，向他打了一雷，他赶紧向上飞，秦汉在天空等着，也打了他一雷，想再用狼牙棒打他时，忽然听见一个道人喊："秦汉侄孙，慢点下手，他是南极老人的坐骑，私逃下凡，不能杀他。"

秦汉生气地喊道："你这人怎么可以乱讨人家的便宜，我不认识你，你为什么喊我侄孙？"说完就举起狼牙棒打去，道人用剑架住。樊梨花跑来，对秦汉说："你不能这样没有礼貌，他就是天上的大仙谢应登。”

“我不管他什么大仙不大仙，”秦汉说，“他不应该讨我的便宜，叫我侄孙。”

大仙笑道：“你祖父秦叔宝跟我是结拜兄弟，所以我喊你侄孙。”

“原来如此，”秦汉笑道，“这样说倒是我太没有礼貌了。”说完就倒身下拜，并且请他教朱顶仙现出原形。

大仙念动真言，一声喊：“还不快现原形！”

朱顶仙没办法，只好在地上打了一个滚，现出原形，原来是一只仙鹤。

大仙对樊梨花说：“你去救你丈夫，我要把这坐骑送还给南极老人。”说完就跨上鹤背，飞走了。

阵里的火灭了，薛丁山醒了过来，看见妻子跟妹妹，大哭道：“我们会不会是在梦中相会？”

薛金莲就把请樊梨花来救他的事情告诉他。他拍马出阵，一句话也没说。樊梨花见他这样子，不觉伤心落泪。但她还是趁这机会杀进青龙关，杀散番兵，升起大唐旗号。

薛丁山回去见他父亲，他父亲要他跟樊梨花成亲，他仍旧不答应，他父亲气不过，教兵士打了他三十皮鞭，仍旧关到牢里去。

樊梨花自然很伤心，大家都再三劝她留下来，慢慢想办法。她觉得留下来不是滋味，就又告别，回到寒江关去了。

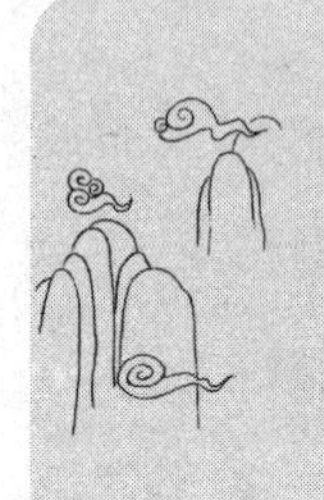

程咬金三请樊梨花

人马在青龙关休息了三天，薛仁贵教姜兴霸镇守青龙关，然后下令向朱雀关进发，仍旧教罗章担任先锋。

到了朱雀关外，安下营以后，元帅向陈云打听朱雀关的情形。陈云说："朱雀关的守将，姓邹叫来泰，武艺不错，他有一样宝贝，叫伤灵塔，每层塔里有两条火龙，七层共有十四条火龙，张牙舞爪，嘴里吐烈火，要好好防备。"

罗章听了，笑道："前几天，烈焰阵都被我们破了，还怕什么宝塔，等我去打下这一关来再说。"

元帅教他小心。他就带了手下的人马，去关下讨战。邹来泰出关，两个人打在一起。打了一会儿，邹来泰祭起宝塔，放出十四条火龙，火龙喷出火，唐兵都被烧死，罗章被番兵包围住。兵士去报告元帅，元帅大惊，教窦一虎、秦汉两人去救应。

两个人杀散番兵，冲进阵中，邹来泰看形势不好，又祭起火龙塔。罗章赶紧逃走，窦、秦两个，也钻进地下走了。

元帅看见火龙这么厉害，就下令收兵，问程咬金怎么办，程咬金说："只有放世子出来才行。"

元帅听了他的话，程咬金就上马去青龙关，放出薛丁山，跟薛丁山一起回到朱雀关。

元帅对薛丁山说："你不听我的话，我本来不想放你，现在因为番将的宝塔厉害，你如果能破，就可以将功折罪。"

"爹，您放心，"薛丁山说，"包在我身上。"说完就带了人马，冲到关前讨战。

邹来泰出关，只打了几个回合，就祭起伤灵塔。薛丁山射出一枝穿云箭，伤灵塔被射中跌在地上，打成粉碎。

邹来泰吓得愣住了，被薛丁山一戟刺死。

薛丁山正要抢关的时候，忽然听见云头上有人喊："薛丁山，你不要忙着进关，先吃我一鞭。"接着从天空中落了下来。薛丁山见他的样子很像一个老龙精，相当吓人，就问他叫什么名字。

他说："我叫扭头祖师，你为什么杀了我徒弟，我要给我的徒弟报仇。"说完就提起鞭向薛丁山打来。薛丁山用画戟接住，两人打了三十个回合，扭头祖师祭起双鞭，薛丁山不敌，大败回营。

当天晚上，扭头祖师在关外摆了个阵图。第二天，薛仁贵跟手下的将官们去看阵，扭头祖师从阵里出来喊："薛仁贵，如果你能破这阵，我就教国王投降，你要是破不了，就休想回去。"

薛仁贵大怒，问："谁去破阵？"

薛丁山说："我去。"上前跟扭头祖师打了不到十个回合，扭头祖师就转身进阵，薛丁山也追进阵。薛仁贵怕发生意外，教秦、窦两个将官去帮助，两个人赶紧也冲进阵中。三个人包围扭头祖师，扭头祖师打不过，赶紧解下背上的葫芦，把葫芦里的水倒出来，立刻地面上水涨了好几丈，三军全都淹死在水里。

秦、窦两个人看形势不好，借土遁回营，报告元帅。窦仙童、陈金定两个人急得直哭。薛仁贵考虑了半天，想不出办法，只好向程咬金说："畜生淹死不要紧，但军队没法前进，还得麻烦老千岁，再跑一趟寒江关吧！"

程咬金上马去寒江关，一路上想：她一定不愿意来，不如骗她一骗，就说世子已经回心转意，请她去成亲，她听了可能会来。

程咬金想好以后，就进关，告诉樊梨花。樊梨花的母亲听了很高兴，可是樊梨花说："没有这么好的事，一定是要我去破阵，我绝不去。"

程咬金说："我不是说说，如果这次你们成不了亲，我绝对不再上你的门。"

樊梨花不好意思拒绝，只好答应。她教程咬金先回去，自己准备第二天才走。

从寒江关到朱雀关有一条小路，樊梨花为了争取时间，就走小路。没想到经过玉翠山的时候，山上冲下一队强盗，领头的是一个少年。樊梨花见了喊道："年纪这么小就做强盗，你大概是不想活了。"

少年道："你不要看我年纪小，我本事可不小。"

"咱们打个赌，如果你打败了，要认我做母亲。"

"如果你输了，要做我的妻子。"少年哈哈大笑说。

樊梨花不再说话，一刀砍过去，少年用枪架住，打了几个回合，少年不是对手，被樊梨花活抓了过来。

"现在你有什么话说？"少年没办法，只好向樊梨花拜了四拜，认她做母亲。

樊梨花简单地把自己的身世告诉了他。少年说："我是大唐薛举的四代玄孙，叫薛应龙。以前我祖父带兵打西番，跟番将刘必大的女儿雨化娘子成亲，就在这儿住了下来。我今年十四岁，父母都死了，只好干这行。"

樊梨花教他去帮唐兵打西凉，薛应龙答应了，两个人一起去朱雀关。樊梨花把薛应龙介绍给大家认识以后，问元帅说："究竟什么时候成亲呢，我要先见一见他，问他是不是真心！"

元帅不开口，谁也不吭声儿，最后还是金莲说："嫂嫂，哥哥陷在阵里，程老千岁请你来破阵。”

樊梨花听了，不禁发呆。元帅说：“媳妇，我相信你的肚量很大，看在我们老夫妻的面上，救了畜生，由我们做主，不怕他不答应。”

樊梨花没有办法，只好说：“我想去看看阵图再说。”就跟三个女将一起去看阵。

三个人到阵前，见阵里白水滔天。樊梨花向几个女将说：“这阵叫洪水阵，这水不是普通的水，是从北海借来的水，普通人一进阵就死了。幸亏他身上穿着天王甲，还不要紧。”

三个人听了，都称赞樊梨花的法力高强。看完阵以后，大家回营。

第二天，元帅又把帅印暂时交给樊梨花。樊梨花升帐，教窦仙童、陈金定、薛金莲三个人，各带三队人马去打阵。三个人走了，她又教窦一虎、秦汉两个人去打东西二门，并各给他们五雷符一道，两个人也走了。最后樊梨花教薛应龙带水晶图一幅，冲进阵中，一见洪水冲来，就挂起这图，洪水就立刻就会消灭。

樊梨花分配任务完毕，也带了一队人马向番阵冲去。

窦仙童、陈金定、薛金莲三个女将，冲到阵门口的时候，被洪水挡住，不能进阵。扭头祖师见有人来打阵，就放出一队火鸦，三个女将回马逃走。扭头祖师在后头追，薛应龙赶来，扭头祖师不跟他打，回身走进阵里。薛应龙也赶紧进入阵中，见洪水冲来,他挂起水晶图,水立刻都没有了。

扭头祖师自然很气,就放出火鸦。薛应龙不知道怎样对付,吓得回马就走。幸亏这时候樊梨花来了,看见火鸦厉害,赶紧祭起乾坤圈,所有的火鸦立刻都跌在地上。

扭头祖师见自己的法宝都被破了,就冲上前跟樊梨花拼命。薛应龙接住,窦一虎、秦汉两个人又分别从东西门杀来。他没法抵抗,正打算借土遁逃走,被樊梨花祭起打仙鞭,打中了肩膀,打得他立刻倒在地上,现出原形,原来是一条龙。他摇头摆尾,钻进地下。窦一虎见了,也钻进地下,打了他一棍,他疼得不得了,又钻出来,被樊梨花用剑砍成两段。

番兵见主帅死了,都逃进关。樊梨花烧掉五雷符,一声雷响,把薛丁山惊醒。抬头一看,不见了大水,妻子、妹妹都站在他的身旁。

薛仁贵见樊梨花破了阵,便下令抢关,关里的番兵和老百姓,开关迎接唐兵进关。

元帅到总兵府,樊梨花交还帅印,各将官都称赞樊梨花法力高强。元帅向她道谢以后,向站在一旁的薛丁山说:“不是媳妇救你,你就出不了阵,还不向她道谢!”

薛丁山不开口,薛金莲、陈金定跟窦仙童三个人,硬把他拉到樊梨花面前,强迫他跪下,樊梨花也赶紧跪下,互相对拜了几拜,才站起来。

那天晚上，元帅教薛丁山跟樊梨花成亲。礼成以后，薛应龙上前向薛丁山磕头道："孩儿拜见爹。"

薛丁山见薛应龙个儿跟他差不多，觉得很奇怪，就问他的来历，薛应龙把认樊梨花做母亲的事讲了一遍。薛丁山心里想：以前她见我长得漂亮，要嫁给我，不惜杀死她父亲跟哥哥。现在大概见我好几次不理她，又爱上了别人，跟薛应龙假称母子来骗我。我可不能受她的骗。

因此他向薛应龙说："你这小畜生，我是什么人，怎么能认你这野种做儿子！"说完，就教卫兵把他绑出去杀掉。

樊梨花不明白怎么回事，自然要给薛应龙求情，薛丁山就说她看上了薛应龙，气得樊梨花晕倒在地。

早有人去报告元帅，元帅走来，看见卫兵要杀薛应龙，就教人放了薛应龙，反而教人把薛丁山绑出去砍头。

这时候，夫人、小姐、窦仙童、陈金定和程咬金也来了，见元帅气成那样子，谁都不敢给薛丁山说情，最后还是程咬金说，如果元帅不放过薛丁山，他就马上撞死。元帅只好不杀薛丁山，教兵士重打他四十鞭，然后关进牢里。

薛应龙带着手下的人马回玉翠山去了。

樊梨花灰心透了，要剃光头发去做尼姑，经大家劝了又劝，她才答应带发修行，率领她手下的人马，回寒江关去了。

薛仁贵中箭归天

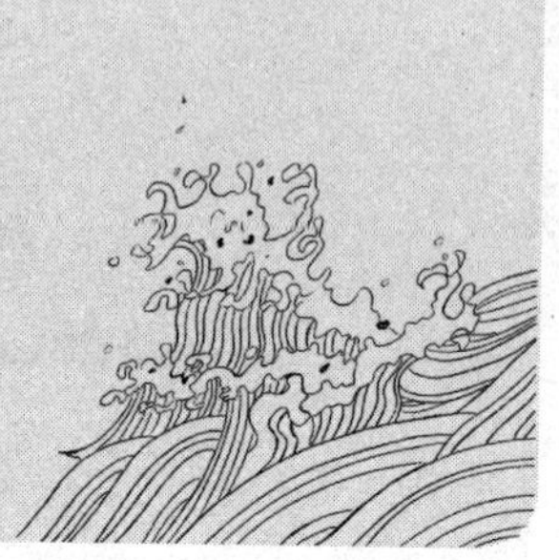

薛仁贵教周青镇守朱雀关，然后起兵上路，继续西进。走了十多天，到玄武关外安营。玄武关的总兵，姓刁叫应龙，他的妻子死了，只有一个女儿叫刁月娥，曾经跟金刀圣母学习兵法，喜欢用双刀，身上有一个摄魂铃，只要一摇铃，对方的灵魂就掉了，要过一个多钟头以后才能醒。因此，她靠这铃抓了唐营的好几个大将。幸亏她师父金刀圣母知道她应该嫁给秦汉，就由她师父做主，叫她跟秦汉成了亲。她父亲自然也投降了唐朝。

同时，薛金莲也嫁给了窦一虎，薛金莲本来不愿意，但是她师父桃花圣母说，这是他们的缘分，并且，窦一虎也确实打心眼里爱她，所以也就没话说了。

薛仁贵教刁应龙镇守玄武关，自己率领了大队，继续向白虎关进发。

白虎关的守将叫杨藩，长得很难看，本事却很大，他有很多金棋子，用这些棋子一连打败了十四个唐将。最后薛仁贵亲自出马，杨藩又放出棋子，幸亏薛仁贵的真形出现，一只老虎把棋子抓落在地上。

杨藩见打不过他，就把身子一摇，现出三个头六条胳膊，恶狠狠地向他扑去。薛仁贵见了，心想：原来他是一个怪物，我何必跟他打呢？于是马上拨出穿云箭射去，射中杨藩左边的头上，杨藩赶紧转身跑了，薛仁贵也不再追赶，收兵回营。

杨藩败进门，心里很佩服薛仁贵，同时对有神虎助薛仁贵的事情觉得很怀疑。那天晚上，他抬头看天上的星象，见唐营白虎星高照，他才知道薛仁贵是白虎降世，心里想：我守的关叫白虎关，这儿有一个山叫白虎山，正犯他的本命，我要教他把命送在这儿。

第二天，杨藩出关讨战，薛仁贵亲自出马，打了一会儿，杨藩回马逃走，他不进关，向一个高山跑去。薛仁贵也赶了去。追到山上，薛仁贵看不见杨藩，见前头有山石挡路，下令回兵。但是已经来不及了，忽然听见四面响起了鬼叫的声音，抬头一看，见杨藩站在一个很高的山头上，手里拿着葫芦，倒出一把一把的红豆，向天空一撒，就变成了千千万万的鬼兵，一个个手里拿着钢刀，样子很吓人。

薛仁贵气得赶过去，用戟刺杨藩，他哈哈笑道："薛仁贵，你中了我的计，活不了了。"说完身子一晃就不见了。

薛仁贵见到他四周的情形，不禁心里也很害怕。他找不到出路，只好继续向前走，远远看见前头有一座庙，他到庙前下马，抬头一看，见上头写着“白虎山神之庙”几个字。他进庙祷告了一番，出庙继续向前走，见鬼兵越来越多。他不知道如何是好，不禁仰天叹道：“我薛仁贵从来没有碰到过敌手，没想到今天被困在这儿。”

程咬金、窦一虎他们见元帅没有回去，都慌了，他们也曾向山上冲，但是被鬼兵挡住，同时磨盘大的石头也不住地向下打来，吓得兵士们再也不敢前进。

最后大家去告诉夫人，夫人也吓坏了，不知道怎样是好。薛金莲建议派秦汉去把薛丁山放出来救他父亲。夫人就立刻教秦汉去。

秦汉戴上钻天帽，飞到朱雀关，放出薛丁山，把他父亲被鬼兵包围的事情告诉了他。薛丁山立刻跟秦汉去白虎关，见了母亲跟妻子、妹妹以后，第二天一早，就带了一队人马，杀往白虎山。

杨藩出山，跟薛丁山杀在一起，打了三十多个回合，打不过薛丁山，又把金棋子打过去。薛丁山身上穿着天王甲，冲出一道金光，棋子就没了，杨藩的眼睛被金光照得睁不开，薛丁山提起神鞭，一鞭打中杨藩的后背，打得杨藩嘴里吐血，伏鞍而逃。

薛丁山急着要救他父亲，也不去追杨藩，下令攻山。但是大家一冲上半山就被鬼兵赶了回来。薛丁山就教兵士预备羊、狗的血，用喷筒向山上喷去，鬼兵鬼将立刻都没了。

这时候，天已经快黑了，薛仁贵在山头上饿了一天一夜，心里很烦。他坐在庙里的拜石上，迷迷糊糊睡着了，由于他太累太饿，心里又太烦，他的原形又不知不觉地出现。薛丁山赶到山头上，看见他父亲头顶上有一只白虎，吓得赶紧拔出一枝箭，向白虎射去，正好射中白虎的头，白虎大吼一声，就不见了。

大家赶到庙里一看，都不禁叫了起来，原来老虎不见了，元帅却被射死在庙里。薛丁山抱住父亲的尸首痛哭。程咬金对他说："你父亲是白虎星转世，现了原形，被你射死，如果皇上知道，你的罪名就大了。"

窦一虎去报告夫人，夫人跟小姐听了，都哭倒在地。窦仙童跟陈金定两个人听到这消息，都赶紧跑来，叫醒夫人跟小姐。婆媳四个人，骑马哭上高山，到庙里，见薛丁山抱着他父亲的尸首大哭。夫人跟小姐也上前抱住薛仁贵的尸首，放声大哭。

婆媳四个人一面哭，一面骂薛丁山。薛丁山哭道："我不是有心杀他，因为他的原形出现，是一只白虎，我怕这白虎伤害他，赶紧射了一箭，没想到白虎不见了，反而射死了父亲。你们也不要哭了，赶紧收殓父亲要紧，我的罪很大，等报告皇上以后，由皇上来处分我好了。"

夫人就下令准备棺木，收殓了元帅，停在白虎庙里，设了灵位，供在正殿上，将官们都来祭奠。

王敖老祖看见白虎将星移位，知道薛丁山射死了父亲，借土遁来到山上，向大家说："以前薛元帅射死了丁山，幸亏我把他救活，现在他又射死了元帅，这完全是报应。元帅是白虎星转世，这关叫白虎关，山叫白虎山、庙叫白虎庙，元帅应该死在这儿。丁山杀死父亲虽然是无意，但是罪名也很大，我给他的宝贝，应该都还给我。将来他将功赎罪，还可以有救。"

薛丁山听了，就把宝贝拿出来，都还给师父。

王敖老祖收了宝，驾云走了。程咬金也向夫人告别，到长安去了。

杨藩败进关，过了几天，心里想：怎么没有人来打关？就在这时候，番兵来报告，说唐营的将官都穿着白色的丧服，不知道是给谁戴孝。

杨藩听了很高兴，到晚上，他看见白虎将星移位，以为薛仁贵是被鬼兵杀了，打算把鬼兵叫来问。就在这时候，番兵说有一个青脸道士要见他。他出去迎接，原来是他师父。他师父对他说："葫芦里的鬼兵，已经被薛丁山用狗血喷坏，没有用了。我还有一样宝贝，叫飞龙镖，可是还没有炼好，现在我教你炼的方法，你在关里慢慢地炼，炼好以后，效力很大。现在我要去帮苏宝同炼金光阵了。"说完，就把飞龙镖交给杨藩，驾云走了。杨藩下令紧守关门，找了个安静地方，炼他的飞龙镖去了。

法
佛

樊梨花三难薛丁山

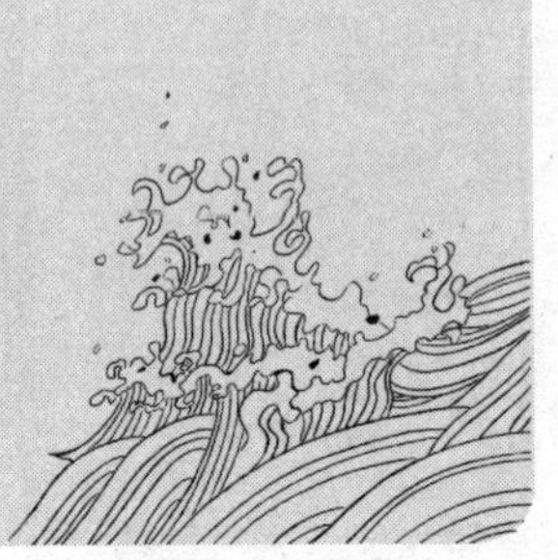

左相魏征和军师徐茂公相继去世，唐太宗自然很难过。程咬金回到长安，把薛仁贵被薛丁山射死的经过情形向他报告，他竟伤心得晕了过去，当天晚上就去世了。

太子李治做了皇帝，叫高宗。唐高宗立王氏娘娘为正宫，立太子李显为东宫。封魏征的儿子魏旭为左丞相，徐茂公的儿子徐梁为军师。然后向程咬金说："元帅去世，征西的军队没有人主持，既不能进，又不能退，这不是办法，我打算亲自去。"就教太子跟魏旭监国，自己率领了一队人马，离开长安，向西进发。

程咬金是先锋，先到达寒江关，告诉樊梨花唐太宗已经去世，唐高宗御驾亲征，不久就要到达。

樊梨花已经知道薛仁贵被薛丁山射死的事情，她也算出薛丁山不会死。她想趁这机会惩罚他一下，就写了一个状子，告薛丁山杀父休妻这两大罪名，等唐高宗到寒江关时，拦在他的马前告状。唐高宗看了状子以后，交给程咬金，问是怎么回事。

程咬金说：“樊梨花对国家的贡献很大，我做媒把她嫁给薛丁山，没想到薛丁山休弃了她三次，实在不应该，希望陛下给薛丁山应得的惩罚。”

唐高宗听了很生气，派人把樊梨花叫了去，安慰了她一番，答应她的请求，给她报仇。

樊梨花回到家里，她母亲对她说：“皇上知道了你的冤枉，到白虎关以后，一定会惩罚薛丁山，教他来向你赔罪的，看样子，你们夫妻可以在一起了。”

樊梨花听了，说：“娘，没有这么简单，他三次休弃我，我要报三次仇，折磨他一番，否则他不会服我。”她母亲自然没有话说。

唐高宗率领人马到白虎关，薛老夫人率领了各将官迎接他进营，向他报告元帅被射死的经过。他立刻教人把薛丁山绑去见他。他一见到薛丁山就火冒三丈，教人把他推出去，等到午时三刻开刀。

窦仙童和陈金定已经各生了一个儿子，两个人各抱着儿子，在薛丁山面前大哭。大家见皇上气成这个样子，谁都不敢给薛丁山说情。最后还是程咬金上前说：“薛丁山虽然该死，可是现在国家正是用人的时候，我保他将功折罪。要破番兵，一定要寒江关的樊梨花才行。希望皇上的把薛丁山贬为老百姓，要他穿老百姓的衣裳，步行到寒江关去，请樊梨花来，如果他请不来樊梨花再处罚他。”

唐高宗答应了，薛丁山一家人都高兴得不得了。

程咬金又说起樊梨花以前的功劳，要唐高宗封她。唐高宗下令封樊梨花为威弼侯大将军。樊梨花听说自己被封了侯爵，自然很高兴。从此以后，天天去教场操练军队，准备西征。

薛丁山一路步行，到寒江关的时候，走得脚酸腿疼，进了关，到樊梨花的将军府外，向门官说：“进去通报一声，说世子要见。”

门官听了，向他喊：“你是什么人，在这儿大喊大叫的！”

薛丁山说：“你就说是薛世子，要见夫人、小姐。”

“薛世子呢？”门官说，“他在哪儿？我好进去报告。”

薛丁山说：“我就是。”

“你敢胡说，薛世子跟元帅来征西，好不威风，看你这鬼头鬼脑的样子，竟敢冒充世子，我报告中军，不打死你才怪！”

薛丁山听了，又惭愧又难过，他知道人情冷暖，不能怪门官，只好赔着笑脸，上前说：“门官，我真的是薛世子，不是冒充，因为犯了罪，被革除官职。”

门官说：“你这忘恩负义的人，小姐救了你两次，你三次休她，现在还有什么话说？”

“大哥，”薛丁山说，“我奉旨来请樊小姐去打番兵，无论如何，请你进去给我通报一声。”

门官听他说是奉旨来的，不敢耽误，进去报告外中军，外中军再告诉女中军，女中军进去报告樊梨花。樊梨花教人通知薛丁山，拿凭据进去。薛丁山一听可愣住了，来的时候太匆忙，没有向皇上要任何凭据，怎么能请得动她呢！打算再开口，只听得三声炮响，门官对他说：“薛世子，要封门了，有话请明天再说。”

薛丁山没办法，只好到旅馆里去住了一个晚上，第二天一早他去辕门外，见很多将官排队站在辕门外伺候。不一会儿，樊梨花出来，上了马，前呼后拥，好不威风。薛丁山不好意思上前去讲，却被樊梨花看见，向中军官说：“那个青衣小帽的是谁，会不会是奸细，给我绑到教场去等我讯问。”八个旗牌官一起答应，把薛丁山绑了，带往教场。

樊梨花到教场的演武厅坐好，教人把奸细带过来。旗牌官把薛丁山扔在樊梨花面前，教他跪下，薛丁山爬起来，站着，不肯跪。

樊梨花生气地骂道：“你这奸细，见了我敢不跪！”

薛丁山说：“我是一个堂堂男子汉，怎么能向女人下跪。我奉旨来见你，难道你翻脸无情，不认得我了吗？”

“哦，原来是你这忘恩负义的东西，你说是奉旨来，圣旨呢？”

薛丁山没有话说。

樊梨花骂道:“完全胡说,给我打他一百皮鞭。”

两旁的女兵一起动手,把他吊在旗杆上,用皮鞭打,直打得他叫苦连天,连声告饶,喊:“小姐,我虽然忘恩负义对不起你,请看在我父母的面上,饶了我吧,从此以后,我不敢得罪你了。”

樊梨花不理,打了不到五十下,薛丁山被打得晕了过去,樊梨花才吩咐住手,把他从旗杆上放下来。

樊梨花对一个旗牌官说:“你把他背回去养伤,等他伤好了告诉他,他不带皇上的诏书来,我绝不出兵。”

旗牌官把薛丁山背回去,过了几天,他可以起来走了,旗牌官就把樊梨花吩咐的话告诉他。他没有办法,只好向旗牌官告别,回白虎关。

到了白虎关外的唐营里,他见了唐高宗,把挨打和樊梨花要凭据的经过,详细地报告了一遍。

唐高宗说:“你走的时候我跟你讲过,如果你请不来樊梨花,就要砍头,现在你还有什么话说!”就教卫兵把他绑出去杀了。

大家都吓得不知道怎样是好,幸亏军师徐梁上前,向唐高宗说:“薛世子虽然该死,可是他究竟是一个难得的人才。我保他七步一拜,拜上寒江关,求樊梨花出兵来打番兵。”

唐高宗答应了,教放了薛丁山。薛丁山进营谢了皇上以后,又去向徐梁道谢，说:“樊梨花要见到皇上的诏书才肯出兵，没有诏书恐怕她不会答应的。”

徐梁说:“你实在也不对。你不应该休弃她三次，难怪她跟你为难。皇上要你拜得樊小姐回心转意，怎么会给你诏书。我看你还是七步一拜，拜上寒江关，说不定她会可怜你，起兵来见皇上。”说完就转身走了。

薛丁山不敢违命，于是，七步一拜，拜往寒江关。

樊梨花打了薛丁山以后，一直派人打听他的行动，知道他开始七步一拜，拜向寒江关，心里很痛快，就去告诉她母亲，她母亲说:“你折磨他差不多了，就答应他出兵吧!”

樊梨花把手一摇，说:“不行，我还要折磨他一次。我打算假死一下，等他来了以后，你再骂他一顿。”

她母亲只好答应，樊梨花立刻就装病，过了三天，就死了。将士们都大哭，给她戴孝、开丧。

薛丁山七步一拜，好不容易拜到寒江关，膝盖都破了。没想到拜到辕门的时候，见辕门挂起了白布，不知道是谁死了，心里大惊，赶紧上前打听。上次跟他讲过话的那个门官，告诉他樊梨花已经在前几天死了，薛丁山急得晕倒在地。过了一会儿，他醒来，心里想:我吃尽千辛万苦，好不容易拜到这儿，没想到她去世了，教我怎么去向皇上交代呢？想了想，决定进去向灵前祭拜，就跟门官讲了，门官进去报告夫人，夫人教传他进去。

他见了樊梨花的灵位，放声大哭，叫道："妻啊！你两次救我，我三次弃你，是我自己不对，你一再折磨我，我不怪你，可是你一死，我怎么回去向皇上交代呢？你有没有留下什么话给我？"

夫人在里头听见，出来骂道："你这忘恩负义的东西，害死了我女儿，还敢假哭！"教使女们把他打出去。

薛丁山没有办法，只好回白虎关。

薛丁山走了以后，樊梨花从棺材里出来，向她母亲说："我这样做，犯了欺君之罪。我打算先写报告，派人送去给皇上，他就不会怪我了。"

唐高宗接到樊梨花的报告，知道她故意折磨薛丁山，自然没有话说，就告诉程咬金，称赞樊梨花的才干。

薛丁山回到白虎关，把经过情形报告给唐高宗。唐高宗假装生气，骂道："上次教你去请樊梨花，没有请来，说没有凭据，她不肯出兵。这次教你去，你又说她死了，现在你还有什么话说！"就教卫兵把他绑在旗杆上，用乱箭射死。

薛丁山吓坏了，早有人告诉薛老夫人，老夫人带了两个媳妇跟女儿，到旗杆前，一起放声大哭。

程咬金见了，心里发笑，赶紧去向唐高宗说："希望皇上赦了丁山，我保他三步一拜，拜到寒江关，拜活樊小姐。如果这次再不能请她来，我愿意接受跟他一样的处分。”

唐高宗答应了，下令松绑。

薛丁山进营谢了皇上，又谢了程咬金，然后三步一拜，拜往寒江关。

薛丁山三步一拜，快到寒江关的时候，后头来了一队人马，原来是程咬金，对他说：“我怕樊小姐仍旧不答应，连我都要跟着送命，所以向皇上要了诏书来。我先去开读诏书，你慢慢地拜去好了。”

程咬金进了寒江关，老夫人迎接进府，听了程咬金说明经过以后，说：“等丁山拜活梨花，再开读诏书好了。”程咬金答应了，就暂时在公馆里住下。

薛丁山三步一拜，拜到辕门外，请门官进去通报，夫人教人放他进去，他拜进内衙，向灵位跪下，哭道：“一切只怪我自己不对，希望小姐不要再记仇，我们夫妻和好以后，我绝不再得罪你。希望你的阴魂了解我的心意，早点儿还魂，一起去朝见天子，救我一命；否则我就死在你灵前，不再回去了。”说完大哭，哭得侍女们都很同情他，流下了眼泪。

到了三更的时候，侍女们都睡着了，薛丁山因为哭得太累，就在拜垫上，蒙眬睡去。只见一阵阴风，鬼哭神号，把薛丁山惊醒，他站起来喊道："小姐，你阴魂出现了吗？"他走进灵帏里头，抱着棺材，喊："小姐，你的灵魂来会我，我在这儿等你还魂。"

忽然棺木盖慢慢地掀了起来。薛丁山的胆子本来就很大，他把棺盖揭开，见樊梨花坐了起来。

"我好恨！"她大叫一声，睁开眼睛，看见薛丁山，立刻板起了脸。薛丁山哭着扶她跨出棺材。侍女们都惊醒了，看见小姐，大家都很高兴，赶紧去报告夫人。夫人走来，假意哭道："女儿，难得你能还魂，真是上天有眼啊！"

薛丁山自然很高兴，跪下说："恭喜小姐还魂了。"

樊梨花不理他，夫人说："丁山虽然忘恩负义，幸亏皇上已让你报了仇，你不应该再记仇了。"

樊梨花听了，说："既然母亲这么说，我就便宜他算了。"接着向跪在地上的薛丁山喊，"如果不是看在皇上的面上，我要把你千刀万剐，才能解恨。你还不赶紧起来，去公馆报告程千岁，请他明天来这儿宣读圣旨，我好起兵。"

薛丁山道谢以后，站了起来。这时候，天已经亮了，夫人吩咐去了灵位，好迎接圣旨。

薛丁山去公馆，告诉程咬金，说他已经拜活樊梨花。程咬金笑道："好，我马上就去。"

程咬金向樊梨花宣读了圣旨以后，然后双方见面行礼。

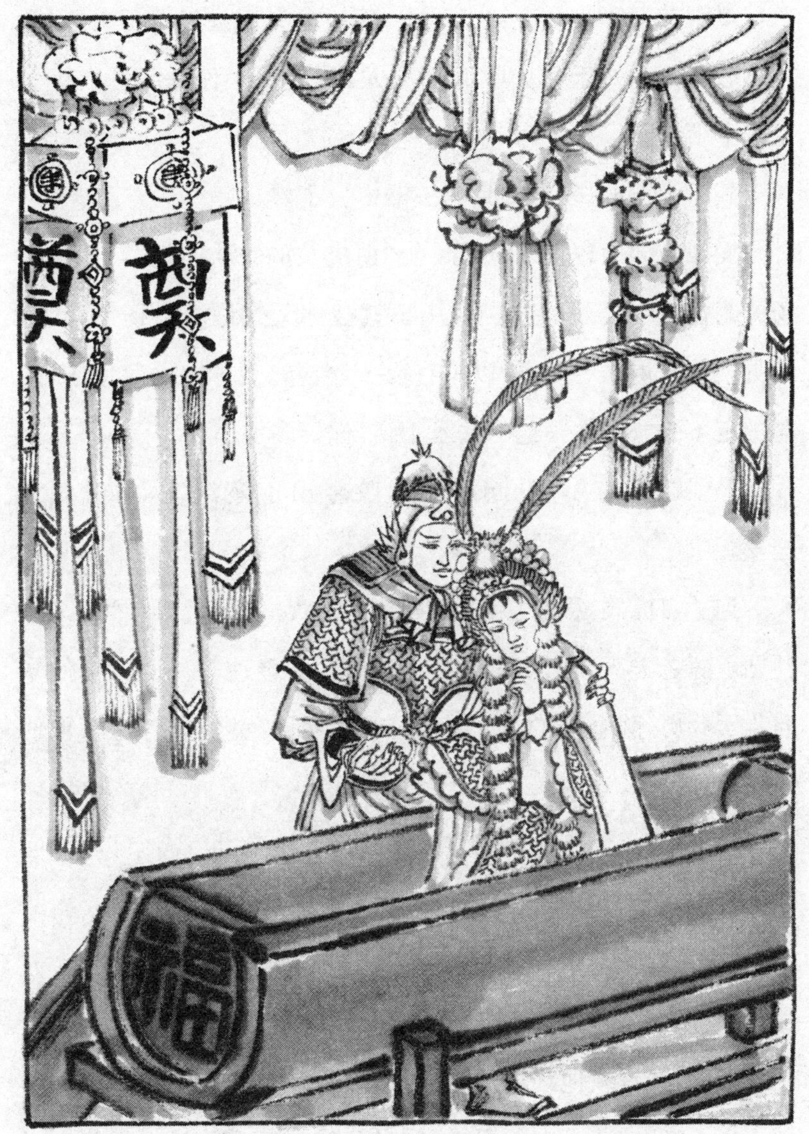

樊梨花对程咬金说:“老千岁,薛应龙又回到玉翠山去了,我打算教丁山领一千兵去收服薛应龙,我起兵跟你一起去白虎关见皇上。”

薛丁山不敢违背,领兵到玉翠山去了。

樊梨花向她告别,她母亲说:“白虎关的守将叫杨藩,他父亲杨虎跟你父亲是好朋友。你从小就被你父亲许配给杨藩,我因为听说他长得太难看,所以一直没有答应。现你嫁给薛世子,杨藩一定不会放过你。他的法术不错,你要多加小心。”

樊梨花答应了,就起兵跟程咬金出了寒江关,向白虎关进发。

到了白虎关,程咬金陪着樊梨花返营,朝见天子,然后又去拜见了薛老夫人,也跟窦仙童、陈金定、薛金莲等见面。窦仙童的儿子薛勇,陈金定的儿子薛猛,也来拜见,樊梨花各送了他们一副金手镯。

过了几天,薛丁山也跟薛应龙来了,朝见过唐高宗以后,回营见母亲、妹妹和妻子,一家团聚,好不高兴。

一天,程咬金奉旨去樊梨花的营里,封樊梨花为征西大元帅、威灵侯。同时赦了薛丁山的罪,封他为帅府参将,接受樊梨花的指挥,并且教他跟樊梨花成亲。

当天晚上,薛丁山就跟樊梨花正式成亲。第二天,程咬金对薛丁山说:“你以后要小心,听元帅的话,不要倔强。”

“当然。”薛丁山说。

樊梨花穿了军装见唐高宗,挂了帅印,唐高宗赐给她三杯酒,她谢恩,退出御营,到将台,向将官们说:“皇上封我为征西大元帅,请大家听我的号令:第一,不许奸淫放火。第二,不许纵容兵士抢人家的东西。第三,上阵打仗的时候,不许退缩。谁违背命令,按照军法治罪。”

说完以后,就教罗章担任前部先锋,领兵一万去打白虎关;教秦汉、窦一虎担任左右翼的领队,跟罗章一起出发;教薛丁山担任后卫,小将薛应龙担任军前护卫;教尉迟号怀、秦梦、尉迟青山督运粮草。各将官都接受了命令走了。樊梨花下了将台,跟刁月娥、窦仙童、陈金定、薛金莲等四个女将,率领了大队人马,向白虎关进发。

唐高宗下令,教程铁牛,程千忠父子把薛元帅的灵柩护送到界牌关去,等平定西番以后,运回中原安葬。柳老夫人也跟着去了。

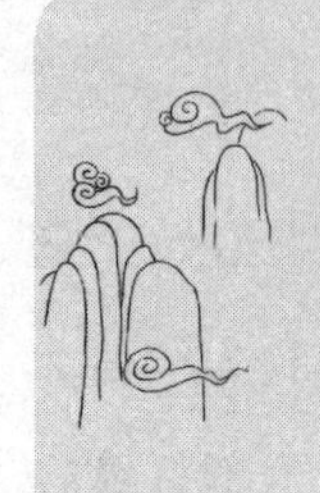

樊梨花大破白虎关

罗章跟秦汉、窦一虎到白虎关下讨战，这时候，杨藩的宝贝已经炼成功了，听说唐营人马讨战，立刻率领人马出关，跟罗章打了起来。两个人打了二十多个回合，杨藩祭起飞镖，罗章来不及躲，被打中肩膀，摔下马来，秦汉、窦一虎两个人赶紧上前截住杨藩，兵士把罗章救了回去。

杨藩打不过两个人，就祭起飞镖，秦、窦两个人见情形不好，一个钻天，一个钻地，都逃走了。

杨藩收了飞镖，杀到唐营前，要樊梨花出去跟他讲话。

薛丁山跟薛应龙要出去，樊梨花说："他指名要我出阵，就由我去会他，你们在我后头看着好了。"

樊梨花上马出阵，窦仙童等四员女将也跟了出去。

杨藩见了樊梨花，说："我是白虎关的总兵杨藩，你父亲把你许配给我，我正打算娶你，为什么你竟敢遗弃前夫，另外嫁给敌人。快跟我回去，我报告狼主，不治你杀父兄的罪。”

樊梨花满脸通红，骂道：“你这丑鬼，你说我跟你定亲，你有什么凭据？你不要胡说八道，有本事过来，咱们打一场。”

杨藩仍旧在嘴上讨便宜，樊梨花忍不住，冲过去，举起双刀，向他砍去。杨藩用大刀架住，两个人就杀了起来。打了三十多个回合，杨潘不是对手，祭起飞镖，樊梨花赶紧拿出乾坤帕，向上一挡，立刻显出万道豪光，把飞镖收了下去。

樊梨花大喊道：“丑鬼，你还有多少宝贝，尽管都放出来，让我见识见识。”

杨藩又祭起十二支飞镖，樊梨花也祭起乾坤帕，显出万道豪光，十二支飞镖都没了。

杨藩见自己辛辛苦苦炼成的飞镖一转眼都没了，自然很伤心。他把身子一摇，现出三头六臂，身高万丈，手里拿着六件兵器，指挥鬼兵鬼将杀了过来。

没想到樊梨花用手一指，几万鬼兵鬼将反而杀向番兵，杨藩吓坏了，赶紧收了法术，退回关里。

第二天，杨藩又出关讨战，樊梨花仍旧亲自出阵，两个人打了三十个回合，杨藩祭起了金棋子，樊梨花祭起了金棋盘，棋子落在棋盘上，再也下不来，杨藩一连打出三十六个棋子，都被樊梨花的棋盘收了去。

“你还有什么宝贝，快放出来。”樊梨花喊道。

杨藩听了，叹道：“我的两样宝贝都被她收去了，今天跟她拼了算了。”就把身子一摇，又现出三头六臂，指挥鬼兵鬼将杀了过来。

樊梨花放出背上葫芦里的火鸦，把鬼兵鬼将烧得无影无踪。

杨藩叫苦连天，正打算逃走，被樊梨花祭起飞刀，砍下他的右手指头，一连几刀，连胳膊都砍了下来。

杨藩跌下马，痛倒在地，樊梨花举起双刀，正要杀他，却有点儿不忍心，下不了手，没想到就在这时候，薛应龙冲了下来，一刀把杨藩杀死。只见杨藩头上冲出一道黑气，直奔樊梨花。樊梨花觉得一阵头晕，跌下马来。四个女将赶紧上前，把她救回阵。

樊梨花醒来，大家上前问安。

原来杨藩的阴魂投胎在樊梨花的肚子里，后来生下了薛刚，闯祸害死了薛氏一家。

杨藩既然死了，元帅就下令抢关，番兵见主将死了，都扔下关，逃往金沙关去了，关里的老百姓迎接唐营人马进关。樊梨花又派人迎接唐高宗进关。在关里停留了半个月，就率领大队人马，离开了白虎关，向西进发。

沙江关除龙蟹两怪

樊梨花率领了大队人马向西进发，走了一个多月，净是黄沙扑面，好不辛苦。快到沙江渡口的时候，她接到报告，说沙江江面很宽，却没有一条船。她就下令安营，教秦汉飞过沙江，劝番兵把船开过来，好渡唐兵过江。

秦汉戴上钻天帽，不一会儿，就飞过沙江，落下来，见江边上停泊着四百多条船，心想：元帅教我劝他们开船过去怎么行，不如想办法骗他们开船过去。就在这时，前头来了一个番官，手里拿着令箭，顺着江边，一面走，一面喊："大老爷吩咐，大唐兵已经到江边，船只不许私自开走，违令者斩。"

秦汉想起了一个主意，就弄了一套番兵的衣裳，找了一处僻静的地方换好，然后到一家酒店门口，问酒店里的伙计："刚才有一个拿着令箭的将爷，是不是在这儿喝酒？"

伙计说："他在楼上，你自己去找他好了。"

秦汉上楼，见番官已经喝得半醉，衣帽脱在一旁，他见了秦汉就问："你是在谁手下？"秦汉骗他说："我是大老爷的跟班的，奉命扮成小兵去打听军情，你是哪儿的？"

番官说："我也是大老爷的跟班，怎么没有见过你？"

"我才来了几天，"秦汉说，"没有去拜望你，今天我们喝上三杯吧，由我请客。"

于是两个人喝了起来。不一会儿，番官喝得大醉，伏在桌子上睡着了。秦汉就换了他的衣裳，拿了他的令箭，走下楼，对伙计说："我留下一锭银子付酒钱，我的朋友喝醉了，等他醒来的时候，你告诉他我有事先走了。"

秦汉出了店门，到江边上，喊："大家听着，大老爷准备投降，吩咐四百条船连夜开过去渡唐兵过江，违令者斩。"

番兵们都觉得很奇怪，一会儿工夫，来了两个不同的命令，但是谁也不敢违背，都立刻开船过江。

秦汉也脱了番官衣帽，扔掉令箭过江。

酒店里的番官醒来，不见了衣帽令箭，就赶紧去问伙计，伙计把秦汉的话告诉他，他听了吓得连声喊："糟糕！糟糕！我中了唐人的奸计了。"说完赶紧去江边，见船一条都没有了，幸亏他的衣帽令箭还在江边上，没有被拿走，就穿上衣帽，拿了令箭进关，蒙混缴令。

沙江关的主将叫杨虎，是杨藩的父亲，他接到儿子被杀的消息，恨不得马上活捉樊梨花，挖出她的心肝来祭他的儿子。

这天，他正跟他请来的两个道士商量对付唐兵的事情，忽然番兵来报告，说唐兵已经过江。他吓了一跳，自言自语地说："我已经下令，所有船只不许过江，唐兵是怎么来的？"一面下令杀掉那个传达他命令的番官，一面准备抵抗。

唐兵过江安营，罗章杀到关下讨战。他看见一个道士在关前披发仗剑，嘴里不知道在念些什么，立刻刮起一阵大风，飞砂走石，天昏地暗，吓得罗章跟唐兵转身就跑。接着两个道士骑着仙鹤，追上罗章，喊："不要跑，吃我一剑！"罗章招架不住，回马逃走，两个道士紧紧地跟在后头追。早有人报告元帅，樊梨花立刻率领了四位女将上前，接住两个道士。

元帅念动真言，风立即停了，道士见破了他的法术，用剑砍了过来。

这两个道士，一个叫红毛道人，一个叫黑脸仙长。两个人打不过四个女将，转身逃走，四个人在后面追。红毛道人现出一条红龙，用烈火烧起来，烧得四个女将转身败回。樊梨花见了，把手一指，就有万丈洪水冲出，把烈火浇灭。红龙大败逃走，樊梨花追了下去。黑脸仙长上前拦住，打了一会儿，黑脸仙长打不过

● 中国古典小说·青少版 丛书

名家改写

林海音 林良 黄得时 等著名作家 领衔改写

专家推荐

梅子涵 著名儿童文学作家 上海师范大学教授 作序推荐

曹文轩 著名儿童文学作家 北京大学教授

苏立康教授 中国教育学会中学语文教学专业委员会理事长

曹衍清 原湖北黄冈中学校长 现深圳实验学校校长

1 《红楼梦》（上下） 38.00元
2 《三国演义》（上下） 44.00元
3 《水浒传》 23.00元
4 《西游记》 23.00元
5 《聊斋志异》 23.00元
6 《中国神话》 22.00元
7 《今古奇观》 22.00元
8 《封神传》 22.00元
9 《镜花缘》 23.00元
10 《白蛇传》 22.00元
11 《济公传》（上下） 42.00元
12 《杨家将》 24.00元
13 《薛丁山征西》 21.00元
14 《儒林外史》 18.00元
15 《彭公案》（上下） 44.00元
16 《七侠五义》 22.00元
17 《小五义》（上下） 42.00元
18 《郑和下西洋》 22.00元
19 《唐人传奇》
20 《东周列国演义》（上下）
21 《前汉演义》（上下）
22 《月唐演义》（上下）
23 《大明英烈传》
24 《儿女英雄传》
25 《花木兰》
26 《王昭君》
27 《清官海瑞》
28 《刺客传奇》
29 《滑稽传奇》
30 《乾隆游江南》
31 《薛仁贵征东》
32 《薛刚闹花灯》
33 《施公案》（上下）

专家推荐

我很愿意为这一套的『经典触摸』热情推荐。这套书的改写者里有很杰出的文学家，所以他们的简略也很杰出。不是用笔在简单划去，而是进行着艺术收拾和改写。杰出的笔是可以让经典照样经典的。

——梅子涵

我以为一个正当的、有效的阅读应当将对经典的阅读看作整个阅读过程中的核心部分。而母语经典，理应成为中国每一代人共同的文化记忆。希望青少年读者从这套『中国古典小说青少版』开始，更多地阅读我们的母语经典，打好『精神底子』。

——曹文轩

从台湾引进的『中国古典小说青少版』丛书，无论书目的选择，还是改写队伍的精良，都让人产生一种信赖感。相信我们大陆的孩子们也会从传统的中华文化盛宴中获得宝贵的精神营养。

——苏立康

一个儿童对中国古典文学的阅读史，就是他的中华文化和民族精神发育史。此从书内容博洽而精当，犹如『精神母乳』，适宜于青少年阅读，孩子们能从中汲取到精神的养分。

——曹衍清

樊梨花，摇身一变，现出四手八脚，原来是一只大螃蟹，嘴里喷出涎沫，立刻大雾迷天，樊梨花不知道道怎样对付，跑了回来。

黑脸仙长收了法术，跟红毛道人一起进关，杨虎问他们是胜还是败。红毛道人说："樊梨花果然神通广大，我用烈火烧她，她用海水浇灭，幸亏黑脸道友用雾迷她，否则我要吃亏，不一定能回得来。"

杨虎听了，叹了口气说："我早就听说过她厉害，可是我儿子的仇不能不报。"就教家人护送他的妻子回京都，自己决心跟樊梨花拼命。

他立刻跟两个道士出关，到唐营前大骂。

樊梨花因为他是自己父亲的朋友，不好意思出去。

薛应龙忍不住冲出去，跟杨虎打了起来。

秦汉、窦一虎见薛应龙枪法散乱，赶紧冲出去，被两个道士接住，杀了起来。

一个道士祭起火球，打中秦汉的面门，秦汉仰身栽倒，道士要上前杀他，被窦一虎救回。窦一虎又出阵，道士祭起火球，窦一虎钻进地下走了。

樊梨花上前，劝杨虎投降，被他大骂一顿，两个人打了起来，打了三十多个回合不分胜负，恼了旁边的陈金定，她提起五百斤的大锤，照杨虎头上一锤，打得他脑浆迸出，死在马下。

两个道士赶来，两个女将上前接住。红毛道人又祭起火球，被樊梨花用乾坤帕收了去。道人现出原形，是一条火龙，用大火烧起来。陈金定回身逃走，樊梨花念真言，立刻出现四海龙王，他们引来大水浇熄烈火，火龙想逃走，却被樊梨花祭起的诛仙剑斩成两段。

黑脸道人仗剑砍来，樊梨花祭起诛仙剑，吓得他又吐出雾沫，布满天空，伸手不见五指。樊梨花没有办法，只好下令退兵十里，才能够看到一点天日。

樊梨花跟大家商量破雾的事情，刁月娥说："我师父有五灵旗，能够破雾沫，派一个人借来，就可以除掉妖道了。"

樊梨花很高兴，就教秦汉去。

秦汉戴上钻天帽，到竹隐山仙人洞门口落下，他进洞，拜见了圣母以后，说明来意，圣母把五灵旗拿给他。他借了旗，回到大营，元帅下令打关。黑脸道人喷出黑雾，元帅把五灵旗一展，只听得一声雷声，雾散云开，地上出现了一只比斗笠还大的死蟹。

元帅见除了妖道，自然很高兴，下令抢关。番兵投降，元帅进了关，休养三天，继续起兵西进。

凤凰山灵符破宝伞

过了沙江关，就是凤凰山，守将是西凉国王的弟弟，名字叫乌利黑，他有一个宝贝，叫追魂伞。他得到报告，说大唐人马已经到了山下，就跟手下的将官到山头向下一看，见唐营果然扎得很牢，号令严明，他对将官们说："樊梨花果然厉害，趁她兵马刚到，官兵很累，没有防备的时候，今天晚上我出兵去打她。"说完，就跟将官们一起下山，教蛮子海、蛮子牙左右二先锋率领兵马一万下山，在山林里埋伏，听见号炮响就杀进唐营。两个人领兵走了。然后他自己也披挂上马，率领了大队的人马，悄悄地下山。

这天晚上，樊梨花正跟将官们商量攻山的策略，忽然刮来了一阵风，把灯吹灭，她吓了一跳。薛丁山说："恐怕今天晚上有敌人来。"

樊梨花点了点头，同意薛丁山的看法，教大家在营外埋伏，留下空营。

三更天的时候，一声炮响，乌利黑率领人马杀进唐营，看不见一个人，大喊“中计”，下令赶紧后退。

唐兵听见炮响，知道敌人来了，各路人马杀来。薛应龙正好遇到蛮子牙，罗章遇到蛮子海，四个人见面，一句话不说就打了起来。不一会儿，薛应龙一枪刺死了蛮子牙，罗章一枪刺死了蛮子海。

薛丁山冲进中营，恰好遇见乌利黑，两个人打了一会儿，薛应龙跟罗章又赶来帮忙。乌利黑打不过，只好回马逃走，收拾残兵，回凤凰山。

第二天早上，乌利黑来讨战。元帅教罗章出阵。两个人打了一百多个回合，不分胜负，元帅又教秦汉、窦一虎两个人去帮助罗章。乌利黑打不过三个人，回马逃走，秦汉跟窦一虎追了下去。乌利黑拿出背上的宝伞，撑起来一摇，秦汉跟窦一虎都栽倒在地，被番将抢出来捆了，活捉过去了。罗章想去救，但见乌利黑的宝伞厉害，只好收兵回营，报告元帅。元帅不知道怎样是好，下令紧闭关门。

秦汉跟窦一虎被抓了去，过了一时三刻才醒来。两个人被推到乌利黑面前，乌利黑要他们下跪，他们不答应，乌利黑很生气，教人把他们推出去杀了。

两个人被推到外头，番兵正要开刀，只见窦一虎向地下一钻，秦汉向上空一跳，一个上天，一个入地，都不见了。

番兵去报告，乌利黑大惊道："难怪唐兵厉害，原来他们有这么多奇奇怪怪的人，下次把他们抓来，要马上杀掉才行。"

秦汉跟窦一虎逃回大营，向元帅报告经过。元帅教秦汉想办法去偷乌利黑的伞。

到了晚上，秦汉飞到番营，见乌利黑把宝伞拴在背上，就悄悄地进入他的营帐，伸手去解他背上的伞，没想到伞上有铃铛，他一碰伞，铃铛就响了起来，乌利黑跟他的将官们都被惊醒。秦汉心里一慌，被乌利黑抓住。

乌利黑怕他钻天逃走，教人把他锁在旗杆上。

第二天，乌利黑到唐营前大骂："你们真是没出息，教一个矮子去偷我的宝伞，被我抓住锁在旗杆上，等抓住你们以后一起开刀。"

刁月娥听见丈夫被抓，赶紧上前跟元帅讲，要求出阵，元帅让她小心。

刁月娥冲出阵，跟乌利黑杀在一起，本来刁月娥打不过乌利黑，但是因为这时被锁在旗杆上的秦汉念动真言，铁锁自开，他拍手哈哈大笑喊："我走了！"被乌利黑看见，心里一慌，鞭法散乱，回马逃走。

刁月娥拿出摄魂铃一摇，乌利黑也在这时候撑开宝伞，两个人一起摔下马来。窦仙童冲上前救回刁月娥，番将上前把乌利黑救了回去。

元帅见刁月娥昏迷不醒，很着急。秦汉回来说："元帅，不要紧，过一会儿她就会醒来的，今天晚上我再去试一试看。"

到了晚上，秦汉又飞进番营，见乌利黑伏在桌子上睡觉，宝伞仍旧在背上。心想：我一碰伞，伞上的铃铛就响，得想个办法才行。就撕下了一块衣襟，塞进铃铛里，轻轻地解下伞。他偷到了伞，高兴得不得了，心想：我要叫醒他，才显出我的本事。就用手一拍桌子，大喊："有刺客！"喊了以后，就钻上了云头。

乌利黑被惊醒，大喊："有贼！"将官们都跑来，他擦了擦眼睛，问："你们有没有看见刺客？"他们都说没有。

乌利黑说："刚才我好像听见拍桌子的声音，并且有一个人说有刺客，你们怎么会没有看见呢？"

大家听了，赶紧到营外查看，听见云头上有人笑道："我是秦将军，今天晚上把伞拿去，明天晚上要来拿他的脑袋。"说完就走了。

将官们吓得赶紧去报告乌利黑，乌利黑见背上的伞果然不见了，笑道："幸亏我知道他一定会来，把真伞藏了起来，他拿去的只是一把假伞。要防备他明天再来。"

第二天，乌利黑率领了三千番兵下山，杀到唐营，指名要秦汉出去。秦汉对元帅说："他的伞已经被我偷来了，用不着怕他，我愿意出去见他。"

元帅答应了。秦汉出阵大骂："你的宝伞已经没了，还敢来送死！"

乌利黑道："不要废话，吃我一鞭。"

两个人打了起来，刁月娥也上前帮忙。打了三十多个回合，刁月娥知道他没有宝伞，放胆拿出摄魂铃来摇。没想到乌利黑又撑开他的宝伞，三个人一起摔下马，双方各自救回自己的人。

樊梨花听到这个消息，大惊道："原来秦汉昨天偷来的伞是假的，像这样，我们怎么能继续进攻呢！"

秦汉醒来，对元帅说："我打算去见师父，请他帮忙破伞。"元帅答应了。

秦汉戴上钻天帽，不一会儿就飞到仙洞，进洞拜见他师父王禅老祖，问他有没有破伞的办法。

王禅老祖说："那很容易，我给你十二道灵符，上阵的时候，放在盔里，他的伞自然就破了。"

秦汉很高兴，接了灵符，向师父告别，回到大营，向元帅报告经过。

元帅下令三军准备打仗，教秦汉、窦一虎两个人先去讨战，两个人率领了一队人马走了。元帅又教罗章、秦梦、薛丁山、女将薛金莲、窦仙童、陈金定、刁月娥等,项上各带灵符,跟着她一起杀到山下。

乌利黑正跟秦汉、窦一虎两个人打,看见四面八方都是唐营的官兵,就摇动宝伞,见唐将官们不受影响,仍旧精力百倍向他杀来。他吓坏了,想杀开一条血路逃走,被樊梨花祭起诛仙剑切成两段。番兵都下马投降。元帅就接收了凤凰山。

麒麟山收龟蛇二将

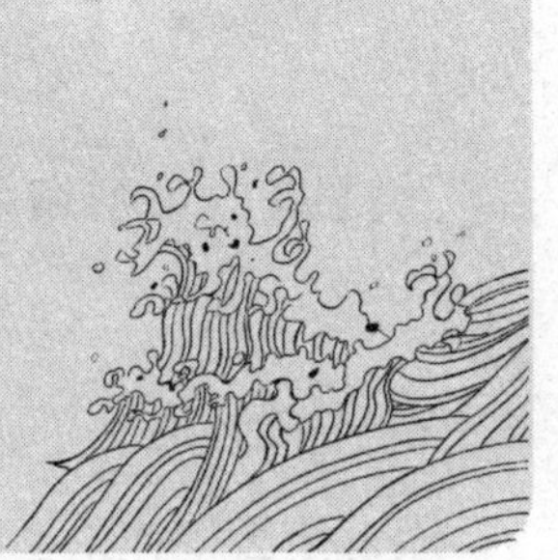

樊梨花率领大队人马继续西进，到麒麟山下安营。

麒麟山的守将叫苏文通，是苏宝同的族弟。他有一把宝扇，叫羽翎扇，能扇火烧人，相当厉害。

第二天早上，窦一虎到山下讨战，苏文通下山，双方打了三十多个回合，不分胜败，苏文通就拿出他的宝扇，向窦一虎扇一扇，窦一虎觉得热得不得了，往地下一钻，走了。他一连几扇，连地皮都被扇红了。

窦一虎在地下走了几十步，才不觉得热，回到大营，报告元帅。元帅说："恐怕别人破不了他的扇子，等我亲自出去看看。"就带着手下的将官一起出阵。

苏文通打不过樊梨花，又拿出他的宝扇来扇，立刻一片烈火烧来。樊梨花念动真言，忽然北海的水保护了唐营。苏文通见前头是大水，吓得他回马逃走，被樊梨花祭起的诛仙剑砍成两段。

樊梨花收了羽翎扇，退了北海水，正准备下令攻山的时候，只见山头上飞下一个道士，穿着八卦衣，绿豆眼、尖嘴、青脸，拿着一把宝剑。他见了樊梨花就骂道："樊梨花，我跟你都是学道的，你为什么接连杀了我两个徒弟？我今天要给他们报仇。"

樊梨花笑道："我怎么会认得你的徒弟，你是什么妖怪，竟敢来跟我作对！"

道士说："我是八卦道人，以前你在武当山跟你师父梨山老母学道的时候见过我。我的徒弟，就是凤凰山的乌利黑和麒麟山的苏文通，两个人都被你杀了，我要你给他们偿命！"

"他们俩是自己找死，"樊梨花说，"跟我有什么关系？你如果不觉悟，连你的狗命都难逃。"

八卦道人气得用剑砍来，樊梨花用刀架住。两个人打了几十个回合，八卦道人把嘴一张，飞出无数的火鸦，迎面飞来，樊梨花用刀架住。两个人打了几十个回合，八卦道人把嘴一张，飞出无数的火鸦，迎面飞来，樊梨花用北海的水浇灭。

八卦道人不怕水，仍旧仗剑跑来。樊梨花祭起诛仙剑，八卦道人慌了，借水遁走了。

樊梨花收了法术，收兵回营，对窦仙童说："明天你想办法用

捆仙绳捆他。"窦仙童答应了。

第二天,八卦道人又来讨战,窦仙童出阵迎敌。八卦道人喷火鸦,窦仙童拿出一个金瓶,倒出好多条金龙,破了火鸦。接着祭起捆仙绳,八卦道人来不及防备,被捆仙绳捆住。樊梨花在他身上贴上仙符镇压,免得他逃走。然后教人把他吊在旗杆上,不一会儿,他现出原形,原来是武当山的龟将。

樊梨花说:"等破了关寨以后,送还武当山,听教主处理。"

就在这时候,一个兵士来报告,说有一个自称长寿大仙的道士,要给他的朋友八卦道人报仇。

樊梨花仍旧教窦仙童出去,窦仙童又用捆仙绳捆住他。樊梨花就把他吊在旗杆上,不一会儿,现出原形,原来是一条大蛇,盘在乌龟背上。

大家见了,都笑了起来。樊梨花一面派人去向唐高宗报告胜利的消息,一面下令抢关。

没想到这时候,兵士来报告,说有一个黑脸的道人要见她。樊梨花教人请那个道士进来。

道人进营,樊梨花站起来迎接,问他是哪儿来的。他说:"我是北极真君座下的张大帝。"

樊梨花赶紧跪拜,问大帝有什么事。道人说:"龟蛇二将私逃下山,被你抓住,希望你看在我的面上放了他们。"

樊梨花立刻下令放了龟蛇二将，解下捆仙绳，他们又变成人形，拜见张大帝。

大帝骂道："你们这两个畜生放着好好的清静日子不过，要逃下山，吊在这儿吃苦，我如果不来，你们还不知道要吊到什么时候，快过来拜谢元帅。"

大帝带了龟蛇二将走了。

元帅下令三军抢关。番兵没有了主将，只好投降。在麒麟山休息三天，大队人马继续西进，走了几个月，到芦花河，又有芦花关挡路，元帅下令扎营。

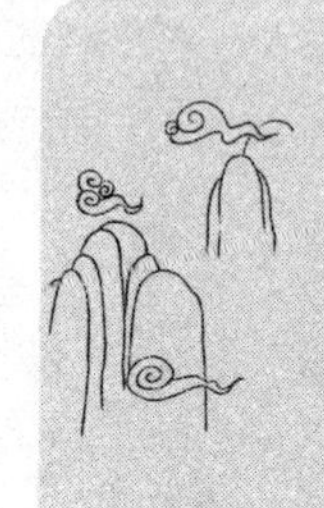

樊梨花大破金光阵

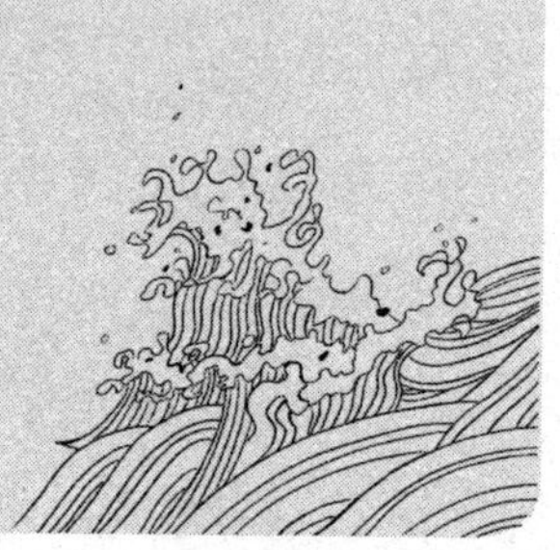

苏宝同被薛丁山打败，跟铁板道人、飞钹禅师一起逃走，各自回山去炼宝贝。苏宝同又炼了九把飞刀，飞钹禅师炼了十六面飞钹，铁板道人炼了二十四面铁板。三个人怕自己的力量不够，又去各地约了很多朋友来帮忙。

苏宝同又请国王派人去各国借兵，向八个国家借来八十万军队，连本来的五十万，共一百三十万，都在关外驻扎。

苏宝同向各国所派的将领说："唐将占领了我国十之七八的土地，现在我打算摆一个金光阵，让唐兵打。听说唐兵已经到了芦花河，麻烦各位各带本国的人马、按照八卦的部位镇守，听见鼓声就前进，听见锣声就后退。"

八国的将领各自带着本国的人马走了。

苏宝同又向五位大仙说："请李若虚仙师领青旗一面，镇守东方;赵通明仙师领红旗一面,镇守南方;周去命仙师领白旗一面,镇守西方;钱龙宾仙师领黑旗一面,镇守北方;文光斗仙师领黄旗一面,镇守中央。"五个大仙都接了命令走了。

苏宝同分派任务完毕,派人到唐营下战书。

樊梨花正跟手下的将官们商量打关,忽然兵士来报告,苏宝同派了人来下战书。

樊梨花教人把战书拿进来,在上头批了字,答应第二天开战。然后对窦仙童说:"我在山上学道的时候,听师父跟她的朋友说阵法,说金光阵相当厉害,连仙人都破不了。现在苏宝同摆了这阵,又向各国借了不少兵来,我们要好好商量一下,才能去打它。"窦仙童笑道:"元帅放心,我们有很多人会法术,不怕他什么金光阵不金光阵的。明天我们先破关,再打他的阵。"

元帅答应了。

第二天,樊梨花教秦汉跟窦一虎两个人出去讨战。两个人带了一队人马,到关前大骂。

苏宝同接到报告,很生气,向两个军师说:"昨天我已经跟他们约好了,要他们来打阵,怎么他们又来打关呢?"

铁板道人说:"他既然先来打关,我们就出去看看好了,难道怕他们不成!"

于是,苏宝同就跟两个军师一起上马出关。

到了阵前，见是秦汉跟窦一虎，铁板道人对飞钹禅师说："我们受过他们的气，要好好地防备他们。"

飞钹禅师说："你说得对，今天我们先下手为强，不要上他们的当。"

说完，两个人都杀了过去。

秦汉看见，对窦一虎说："这两个人不就是在锁阳城被打败逃走的铁板道人和飞钹禅师吗？"

"对！"窦一虎说，"这两个人有点鬼名堂，我们要先下手为强。"

说完，两个人也杀上前，四个人分成两对，打了起来。又打了几十个回合，铁板道人祭起铁板，窦一虎身子一钻，到地下去了。飞钹禅师祭起飞钹，秦汉飞上天去了。

两个人收回宝贝，杀到唐营。樊梨花接到报告，教窦仙童、陈金定等四个女将出阵。

四个人出营，跟铁板道人、飞钹禅师杀了起来。两个人打不过四个女将，回马逃走。薛金莲、陈金定不敢追，只有窦仙童跟刁月娥两个人不怕，追了下去。窦仙童追了一会儿，祭起了捆仙绳，飞钹禅师化作一道红光走了；刁月娥拿出摄魂铃一摇，铁板道人立刻从马上跌下来，被唐将捆住。

铁板道人被推到元帅面前，元帅教人把他推出去杀掉，恰好他在这时醒来，见要杀他，赶紧借土遁走。

元帅听说铁板道人逃了，很担心地说："像这样下去，我们怎么能抢得了关、破得了金光阵呢?"

秦汉跟窦一虎上前说："元帅不要着急，今天晚上我们两个人进关，里应外合，先破了他的关再说。"

元帅听了，高兴地说："我知道你们两个人的法术高强，不过你们也得小心。"

两个人等到晚上，一个上天，一个入地，不一会儿都进了关门。窦一虎从地下钻出来，秦汉从云头上落下，说："我们要想办法弄两套番兵的衣裳才行。"

窦一虎说："不难，等一会儿我到他们营里去看看。"

过了一会儿，窦一虎从地底下进入番兵的大营，见四个番兵提着灯火敲着更锣走来。其中一个说："国舅今天晚上到芦花阵演阵去了，只有两个军师在关里，他们打了败仗回来，怕唐营有人来，要我们多加小心，我们不妨把更锣敲得响一点。"

窦一虎见有四个人，不好下手。等他们走远，从地下钻出来，找不到秦汉，又钻到地下去了。

秦汉飞到关前，见有两个番兵睡在地上，就把他们弄死，剥下他们的衣裳，解下腰牌。见腰牌上一个写的是金龙，一个写的是金虎，心里很高兴，便拿了衣裳去找窦一虎，在后营找到他后，两个人换上了番兵的衣裳。

秦汉说："我先回去请元帅带兵来打关，再回来跟你冒充番兵，一起开了关门，让他们进来。"

窦一虎答应了，秦汉就回营向元帅报告经过。

元帅听了很高兴，教秦汉仍旧到关里去。然后她教薛丁山、薛应龙担任打关的先锋，两个人带兵走了。她自己跟四位女将，带了兵去接应。

到了四更的时候，先锋部队已经到关前。窦一虎对秦汉说："我们的军队大概已经到关外了，最好先烧他们的粮草，然后开关。"两个人就预备了引火的东西，放在粮草堆上，烧了起来。

关外的唐兵见了，喊杀连天，攻打关门，番将从梦中惊醒，看见粮草着火，都去救火，窦一虎跟秦汉趁这机会开了关门，放进薛丁山跟薛应龙。

番兵番将没法抵抗，扔下关逃走了。铁板道人和飞钹禅师从梦中惊醒，见四面都是火，没法走，只好借火遁逃走。

元帅带兵进关，扑灭了火，以为铁板道人和飞钹禅师被烧死了，心里很高兴。

苏宝同在金光阵里，听说关里起火，大吃一惊，到阵外一看，喊了声："不好！"就领兵去救。

半路上，他看见两位军师逃来，就问是怎么回事。

铁板道人说:“昨天我们被唐营女将打败,心里不高兴,多喝了几杯酒,睡着了,没想到他们派奸细进关,放火烧营,里应外合,打进关里,请原谅我们。”

“这只能怪我自己没有料到,”苏宝同说,“跟你们有什么关系。他们打进关,不一定破得了金光阵,用不着担心,希望两位军师好好地把守阵门。”

樊梨花打下芦花关,在晚上率领女将们去看阵,见阵有八个门,里头又分五个营,五花八门,果然很厉害。几个人看了一会儿以后,一起进关。元帅说:“阵里红光冲天,一定有宝贝,要破这阵,一定要请我师父来。”

薛丁山上前说:“我师父也知道这阵。你离不开,你师父梨山老母也未必肯来,不如我去我师父那儿问一下。”

“你去最好,”樊梨花说,“最好把你原先的十样宝贝都要回来。”

薛丁山带了樊梨花的信,连夜到云梦山去了。

薛应龙见他母亲把金光阵看得这么厉害,心里不服气,在当天晚上,带了一队人马,偷偷地去打阵。到了阵前,他抬头一看,见阵里升起三十二盏红灯,发出万道豪光,他也不管是哪一个门,硬冲了进去。只听得一声炮响,杀出一个番将,两个人才打了几个回合,各方面都有番将跑来把他包围,他想逃走,但是已经来不及了，被铁板道人祭起铁板，打成了肉酱。

有逃回的兵士报告元帅，元帅听说薛应龙被打死，伤心得放声大哭，大家劝了半天才劝住。

薛丁山到了云梦山水帘洞，拜见了他师父王敖老祖，报告了苏宝同摆金光阵的事情，问他师父有没有办法，并且把樊梨花的信给了他师父。

王敖老祖看了，笑道："飞刀、铁板和飞钹虽然厉害，但是天意归唐，用不着什么宝贝。你妻子怀里自然有宝贝，遇青龙吉日，从东南生门杀进，阵自然就破了。"

薛丁山不敢再说什么，拜谢了以后，只好走了。

他回到关里，把他师父的话讲了一遍。

樊梨花说："我虽然有宝贝，却破不了阵。既然老祖这么指点，我们只好听他的。"

第二天就是青龙吉日，樊梨花下令准备破阵。他教秦汉、窦一虎带一队人马，打东方第一个门；教薛金莲、刁月娥、陈金定、窦仙童，跟她一起去打南门；薛丁山担任后队，两边接应。恰好这时，解粮官尉迟兄弟来了，元帅就教他们带一队人马，担任各路接应。

各将官都领了人马走了。现在先说第一队。

秦汉跟窦一虎，带人马到东门，惊动了苏宝同，他对两个军师说："樊梨花没有算计，怎么能当元帅，上次教一个小将来打阵，几乎被我们杀光。今天我们不要让他们逃走一个。"就下令各将官，要杀尽唐朝的官兵，不许放走一个。

秦汉、窦一虎杀进东门，阵里出来一个番将、一个道士，道士就是李若虚。四个人打了一会儿，铁板道人也来了，祭起铁板打来，秦汉跟窦一虎都钻到地下去了。

李若虚见了大惊，连声称赞说唐将有这种法术，真不容易对付。

铁板道人收了铁板，秦、窦二将又从地下钻出来，喊道："你的铁板只好去打别人，我们不怕。"双方又打了起来。铁板道人再祭铁板，两个人又钻到地下去了，就这样，使得东方阵里大乱。

南方是由仙师赵通明和王叔金萱守阵，见杀来两个女将，是刁月娥和薛金莲。双方打了一会儿，又来了苏宝同，祭起飞刀来杀两个女将，幸亏樊梨花赶来，用手接住苏宝同的飞刀。薛金莲祭出红锦索，刁月娥摇动摄魂铃，樊梨花祭起诛仙剑，苏宝同一看不对，先逃走了。赵通明跌下仙鹤，借土遁走了。只有王叔不会法术，被锦索绊住，被唐兵捆了。

三位女将破了南门，杀进中阵，出来三个番将，跟她们杀在一起，接着又来了大仙文光斗。樊梨花一气，祭起打神鞭，打死一个番将，文光斗一看不好，借土遁走了，另一个番将也赶紧跑了。飞钹禅师来了，祭起飞钹打来，樊梨花赶紧祭起混元棋盘，架住飞钹，让它们打不下来。两个人又打在了一起。接着苏宝同、铁板道人和五鹤仙师也都杀来。九个人围住樊梨花，樊梨花自然对付不了，冲动胎气，腰部疼得不得了，看样子大概是要生产了。她左冲右撞，杀不出来。幸亏窦仙童、陈金定和薛丁山听说元帅被包围，赶紧杀了过来，跟樊梨花合在一起。樊梨花心里稍微定了一点，但是番兵番将越来越多，四个人杀不出去，快到黄昏的时候，樊梨花觉得肚子疼得越来越厉害，下马用手捧着肚子直喊。

薛丁山吓得向窦仙童跟陈金定说："你们护着元帅上马，等我杀出一条血路，回到营里生产就不要紧了。"

"这怎么行，"窦仙童说，"元帅马上就要生产了，怎么能上马回营？趁现在没有番将来，我们守在这儿，等元帅生产了再说。"

没想到在这时候，忽然四面炮响，苏宝同从南面杀来，铁板道人从东面杀来，飞钹禅师从西面杀来，五个仙师骑鹤从北面杀来，此外还有各国的番将，从四面八方一起杀来。吓得夫妻四个人魂不附体，只好上马招架。薛丁山对付各国番将，窦仙童对付铁板道人，陈金定对付飞钹禅师。樊梨花一手捧着肚子，一手提刀对付苏宝同，自然招架不了，一个跟斗跌下马来。苏宝同祭起飞刀来杀樊梨花。只见冲起一道红光，飞刀没了，原来就在这时

候，樊梨花生下了一个孩子，因此有血光冲出，不但破了苏宝同的飞刀，连铁板道人祭起的铁板、飞钹禅帅祭起的飞钹，也都被破了。

这一来，窦仙童、陈金定胆子就大了。窦仙童祭起了捆仙绳，把铁板道人捆住；陈金定也祭起捆仙绳，把飞钹禅师捆住，最后，苏宝同也被捆仙绳捆了。五个大仙见情形不好，想驾仙鹤逃走，可是仙鹤被血光冲了，飞不起来，五个人只好借土遁走了。

就这样，金阵被破，各国番兵死的死，逃的逃。

薛丁山、陈金定扶起元帅，窦仙童抱起小孩，撕下了块战袍，把小孩包好。

薛丁山这时候才明白他师父的话，说樊梨花怀里有破阵的宝贝，原来就是这孩子，血光冲破了金光阵。

元帅下令收兵回营。回营以后，一方面派人去报告唐高宗，一方面教人把苏宝同等三个人杀掉。窦仙童、陈金定等解下捆在三个人身上的捆仙绳，教兵士改用麻绳把三个人捆了。正要开刀的时候，三个人哈哈大笑，说："多谢你们放了我们，我们走了。"说完，三个人化成三道长虹走了。

樊梨花看到，也很心惊。查点将官，只损失了薛应龙，心里很难过。

第二天，樊梨花下令大队人马渡过芦花河，继续西进。

窦一虎偷仙剑被抓

过了芦花河，走了没有多久，又遇到一座高山，叫金牛山，山上有一个关叫金牛关。守关的主将叫朱崖，手下有番兵十万，本事很大，也会法术。苏宝同逃出以后，先到他关上，让他小心防守，然后他自己去白云洞，请他师父李道符下山报仇。

唐兵到关外安营以后，元帅就教先锋带了一队人马去打关。

罗章冲到关下讨战，朱崖出关迎敌，两个人打了一百多个回合，不分胜负，朱崖假装被打败，回马就走。罗章不知道他有诡计，追了下去。朱崖把身子一扭，现出三头六臂，罗章吓得回马要走，但是已经来不及了，被朱崖伸出的一只神手轻轻地抓了去。接着他又带了人马，杀向唐营。

唐兵见先锋被抓，回去报告元帅，元帅亲自带了手下的将官们出阵。她先教薛丁山上去跟朱崖打，打了一会儿，朱崖现出三头六臂来抓薛丁山，吓得薛丁山跌下马来，元帅见了，跟薛金莲、刁月娥一起上前。薛金莲救回了薛丁山，樊梨花祭起了诛仙剑，砍去朱崖的神手，没想到朱崖大喊一声，冲出一道血光，又伸出一只神手来抓樊梨花。樊梨花赶紧又祭起诛仙剑，这一次反被神手抓住。樊梨花一看不好，跟刁月娥回马就走。朱崖从后头赶来，刁月娥赶紧拿出摄魂铃来摇。

朱崖从马上跌落，恢复了原形，借土遁走了。

樊梨花回到大营，因为丢了诛仙剑，心里不高兴。秦汉和窦一虎说："元帅不要心烦，我们去给你把剑偷来。"

"你们要小心。"元帅说。

到了晚上，两个人一个上天，一个入地，进了金牛关，悄悄地进入了番营。

朱崖回到关里以后，心里很烦，对他的妻子金丸夫人说："唐将一个个神通广大，我差一点儿回不来。西番全靠五座山，现在已经被唐兵抢去了凤凰、麒麟两座山，只剩下金牛、铜马、玉龙三座山了，如果这三座山一丢，我们就算完了。"

"不要紧!"金丸夫人说，"等元帅带了救兵来就好了。"就教手下人摆酒席给她丈夫解闷。

夫妇俩正在喝酒，忽然一阵狂风，刮下房顶上的瓦片，朱崖掐指一算，对金丸夫人说："夫人，今天晚上唐营有刺客来，我们要多加防备。”

金丸夫人说：“唐营的秦汉、窦一虎能够上天入地，说不定是他们两个人来，我们抓住了以后，把他们锁在铁笼里，悬空吊着，他们就跑不了。”接着，又就着朱崖的耳朵讲了几句，朱崖连声说：“很好，很好！”

窦一虎进了番营以后，抬头一看，见防备很严，没法下手偷剑。到三更的时候，已经等得不耐烦了，从地下钻了出来，看见诛仙剑挂在朱崖的帐前。他正打算下手，被番将看见，大喊“抓奸细！”他没有办法，只好又钻到地下去了。在地下，他听见上头一阵慌乱，原来就在这时候，秦汉飞下去解诛仙剑，没想到朱崖在剑上拴了铃铛，秦汉一碰剑，铃铛就响了起来，番将们来抓他，他心里一慌，摔了下来，被番将抓住了。

窦一虎在地下看着，很着急，钻出来想救秦汉，被朱崖的妻子看见，打来一个金丸，打中他的面门，他跌倒在地上，正要钻进地下的时候，被朱崖抢过来伸手抓住。

朱崖把窦一虎提起来，放在铁笼里，高高挂起；再去拖秦汉，没想到秦汉有入地鞋，脚一顿，喊：“我走了！”就钻进地下走了。

朱崖吓了一跳，原先只一意防备他飞天，没想到他也会钻地，心里很烦，对他妻子说：“今天晚上他走了，恐怕明天晚上还会再来，我们得想个办法再抓住他才行。”

秦汉回营缴令，送上诛仙剑。元帅很高兴，问他窦一虎怎么不回来。

秦汉把窦一虎被抓的经过报告给元帅，元帅听了大惊，说："这样说来，恐怕窦将军性命难保。"

薛金莲听说丈夫被抓，向元帅要求派她去打关，救她丈夫。

元帅说："朱崖厉害，你暂时不要出去，等我另外想办法救窦将军。"

秦汉上前，说："昨天晚上我去偷剑，没有打听到先锋的下落，我愿意跟窦夫人一起出阵。"

元帅答应了。

薛金莲跟刁月娥带了一队人马出阵，杀到关下讨战。元帅不放心，带了窦仙童、陈金定在后头助阵。

朱崖听说唐营女将讨战，准备出来，他妻子说："等我出去会一会她看。"说完，带了人马出关，见前头两个女将后头的旗上写着薛金莲、刁月娥的姓名。她正在看的时候，秦汉悄悄地走到她面前，提起狼牙棒，照她的马头就打。她低头一看，原来就是昨天晚上来行刺的矮子，骂道："昨天晚上被你逃走，今天抓住你，要你好看。"两个人打了起来，打了一会儿，秦汉招架不住，金莲跟刁月娥冲上前帮忙，金丸夫人一个打三个，仍旧不在乎。又打了四十多个回合，不分胜负，金丸夫人发了三颗金丸，一颗打中秦汉的额角，秦汉翻身落马，被唐兵救回；一颗打中薛金莲的护心镜；一颗打中刁月娥的肩膀，两个女将都败走，金丸夫人在后头追。元帅在旗门前看见，杀上前去，拦住了金丸夫人。窦仙童跟陈金定两位女将也赶上前去，窦仙童怕金丸夫人发出金丸，就先祭起捆仙绳，把金丸夫人捆住。

朱崖听说妻子被抓，杀出关来，跟三位女将杀在一起。打了一会儿，朱崖现出三头六臂，伸手来抓人。樊梨花使出隐身法躲过，窦仙童跟陈金定却被抓去了。

朱崖正在走的时候，忽然见前头有一座高山挡住了路，不见了金牛关，就走进山林，见前头有一座庙，心里想：难道走错路了？马上又夹着两个女将走上前，但走起来很费力。他就把两个女将绑在树上，自己走进庙去，见庙相当高，忽然听到一声响，赶出十多个青面獠牙的鬼将，来抓朱崖。朱崖举起斧头砍去，被鬼将叉伤左边的胳膊，朱崖疼得想借土遁逃走，没想到这是樊梨花使的移山术，他怎么逃得了，被鬼将抓住，绑了进去。

樊梨花打扮得像仙女一样，坐在蒲团上，喊："朱崖，抬起头来，认得我吗？"

朱崖像从梦中醒来，才知道这是樊梨花的移山计。只见外头进来两位女将，一个拿刀，一个拿锤，说："元帅不必问他，等我来打死他算了。"

朱崖仔细一看，就是被他抓住的两个女将。

樊梨花说："两位姐姐，只要他释放我们的将官，向我们投降，我们就饶了他吧。"

朱崖心里想：等我来骗她一骗。就说："如果元帅不杀我，我愿意投降，把唐将放还，求元帅也把我妻子放还。"

"放你夫妻回去可以，你得起个誓。"樊梨花说。

朱崖起誓说："如果我变心，负了元帅释放我的恩德，就教我死在乱刀之下。"

樊梨花立刻收了移山术，原来仍旧在战场上。

朱崖夫妻获释，带了兵马回关。樊梨花也收兵回营。

薛丁山说："既然抓住他们夫妻俩，我们正好可以破关，为什么又把他们放走呢？"

"他们还不到该死的时候，"元帅说，"他们已经立了誓，不会不守信用。"

薛丁山不敢再说什么，等着朱崖夫妻投降。

没想到等了三天，仍旧不见朱崖的影子。樊梨花气得下令打关。

秦汉说："慢点打关，等我进关打听一下师兄的消息再说。"

元帅点了点头。秦汉就立刻从地下进关。

朱崖夫妻回到关里以后，金丸夫人要她丈夫投降，朱崖说：

"樊梨花用移山的法术抓住我,侮辱我,我怎么能真的投降。"

金丸夫人点了点头说:"将军忠心报国,应该如此,我们暂时守住关,等国舅来了再说好了。"

就在这时候,小番来报告,说有一个红脸、三只眼、自称是孔介山连环洞野熊仙的道士要见他。朱崖听说他师父来了,赶紧教人打开大门迎接。

迎接进营以后,朱崖问他师父为什么事下山。野熊仙说:"我在山上炼成了两条钢鞭,可以打凡人,也可以打仙人,前一些时候,苏国舅跟他的两个军师到处找人帮忙借宝贝,要杀唐朝人马,请我来这儿帮忙。"

朱崖听了,自然很高兴,说:"这太好了,明天就跟他们打一仗。"

野熊仙抬头见营外旗杆上挂着一个铁笼子,铁笼子里关着一个人,就问挂的是谁。

朱崖说:"这是唐营的一个矮将,他能在地下走,晚上来行刺,被我抓住了。我把他关在笼子里,打算活活饿死他。"

"他会法术,怎么饿得死呢?"野熊仙说,"不如烧死他算了。"

秦汉在地下听到,赶紧飞回营里,把他打听到的经过情形报告了元帅。

薛金莲听说要烧她丈夫,大哭上帐,请元帅想办法。

元帅把一张倒海符给秦汉，说："你赶紧用这符去救你的师兄。"

秦汉飞进关，见朱崖已经让兵士把铁笼放在平地上，四面堆起干柴，正准备点火烧。窦一虎急得在笼子里直哭。

秦汉低声对他说："师兄不要怕，你死不了。"就把符贴在笼子上，然后飞上云头，见远处有一道金光飞来，到面前一看，原来是他师父来了，便向他报告窦一虎被抓的经过。

王禅老祖说："我在山上打坐，忽然心血来潮，算出一虎有难，所以亲自赶来。倒海符只能救他一时三刻，时间长了就不灵了。我借了北海的水来，又带了珊瑚瓶，我跟你站在云头上，等有机会再下手救他。"

在底下，朱崖跟野熊仙教兵士烧笼子，没想到，不管外头火烧得多大，窦一虎反而在笼子里拍手大笑。

朱崖问他师父怎么办。野熊仙说："不要紧，他有倒海符，能支持一时三刻，过了一时三刻，他就要被烧死了。"

就这样，烧了一天一夜。野熊仙说："现在他一定被烧死了。"

朱崖说："不要说他的人，恐怕连笼子都烧化了。"

没想到又听见窦一虎喊道："你烧一个月，也烧不死我，可惜浪费了一大堆柴。"

朱崖听了大惊道："师父，烧了一天一夜，还没有烧死他，他大概是个妖怪。"

"我不相信，"野熊仙说，"再拿干柴烧他。"

朱崖就吩咐兵士们去拿柴，不一会儿，兵士来报告说："存了几年的柴都烧完了。"

朱崖听说柴没了，着了急，让人赶紧去向铜马山和王龙山借柴。

又烧了一天一夜，窦一虎还是好好的，没有受一点儿伤。

朱崖问他师父怎么办，野熊仙说："既然烧不死他，我们暂时不理他，明天去跟唐将打一仗再说。"

窦一虎为什么烧不死呢？原来是他师父用北海的水救了他。王禅老祖见朱崖不再烧了，就对秦汉说："一虎有一百天的灾难，到时候你再救他好了，现在我要回山上去了。"说完就驾云走了。

秦汉拜别师父，回到大营，向元帅报告了经过，大家都放了心。尤其是薛金莲，不停地向空中拜谢老祖。

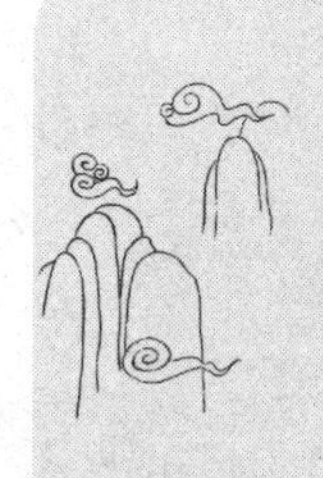

二郎神大战野熊精

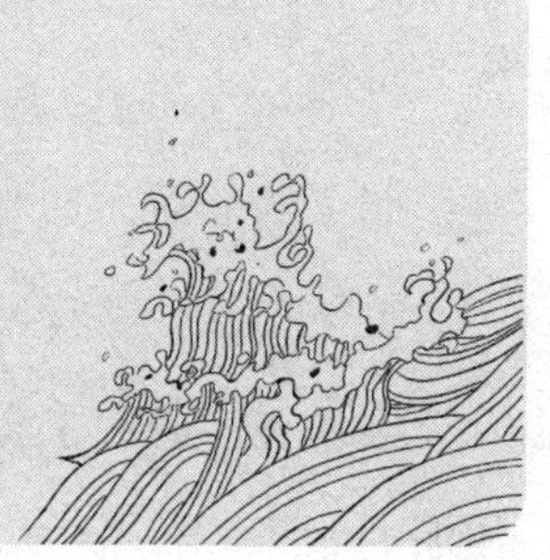

元帅见朱崖不守信用，就下令打关。

几个女将愿意打前锋，到关下讨战。野熊仙跟朱崖出关，见是几个女将，就打起歪主意，念动真言，立刻飞砂走石，起了一阵大风，刮得大家睁不开眼睛。

等到大家睁开眼睛的时候，四个女将变成了两个，薛金莲跟刁月娥不见了，野熊仙也不见了。陈金定和窦仙童回营报告元帅，元帅很生气，亲自率领了男女将官们出阵。

野熊仙把两个女将抓了，送到一个山洞里藏好，又回到战场，正好遇到薛丁山跟几个女将。大家围住他，杀了起来。

野熊仙打不过，祭起他的打仙鞭，打中薛丁山的肩膀，薛丁山败回。又打中陈金定的背，陈金定吐血而逃。

野熊仙好不高兴，祭起雌雄两鞭到处打人，又使法术，立刻飞砂走石，杀出无数的鬼兵鬼将。

樊梨花气坏了，手指一指，风停了，鬼兵鬼将都没了。窦仙童祭起了捆仙绳，野熊仙知道厉害，化作长虹走了。

樊梨花收兵回营，心里很烦。

秦汉说："薛世子和夫人被鞭打中，昏迷不醒，得赶紧想办法救他们才行。"

樊梨花跟窦仙童跑去看，都流下了眼泪。樊梨花说："他的鞭子这么厉害，一定是八卦炉里炼出来的，要去我师父那里要丹药来才能把他们治好，谁愿意替我去一下？"

窦仙童说："我师父黄花圣母，也有这种丹药，我去向她要好了。"

"你赶紧去。"元帅说。窦仙童立刻走了。

元帅又对秦汉说："薛金莲和刁月娥，一定被妖道藏在山洞里，你去找一找看。"

秦汉立刻出营，飞到云头上，见西方一道黑气冲天，心里想：说不定有黑气的地方就是妖道的山洞。就在有黑气的地方落下来，果然发现一个石洞，洞门半开，秦汉从地下进洞，听见一个妖怪说："大王去金牛关，抓来两个女的，今天晚上要成亲，连我们都有酒喝。"秦汉知道薛金莲跟刁月娥在这山洞里，就从地下钻出来，提起狼牙棒，朝妖怪一阵乱打。

小妖进去报告野熊仙，野熊仙跑出来，跟秦汉打在一起。野熊仙嘴里喷出毒气，秦汉受不了，向后退，一直退到山洞的外头，飞走了。

秦汉知道自己对付不了野熊仙，就去找他师父。恰好他师父送客人出来，问秦汉有什么事。秦汉把野熊仙抓去薛金莲、刁月娥以及他找到野熊仙的山洞的经过讲了一遍。

没想到他师父说："野熊仙有千年的道行，神通广大，曾经偷吃王母的仙桃，连我都斗他不过，你不要惹他，赶紧回营去吧。"

秦汉听了，自然觉得很失望，流着眼泪说："师父，你不去救，两位女将军一定活不成了。"

一旁的那个客人恼了，说："道友，我们怎么能怕一个妖精，野熊仙不管有多么厉害，也不过是一个畜生，有什么可怕的，你不敢去，我去好了。"

王禅老祖听了高兴地说："那就太好了，就麻烦你去一下吧！"

秦汉自然更高兴，因为他师父的这位客人叫二郎神，来头很大，以前孙行者大闹天宫，都是被他收服的。

二郎神别了王禅老祖，变成一只喜鹊，向西飞走了。秦汉也要去，他师父说："我知道这野熊精厉害，也知道你一定会来求我，所以特地约他来玩儿，故意用话激他，他果然生气了。只要他去，一定能收服野熊精，现在你也去吧。”

秦汉拜别师父，也向西飞，到了孔介山野熊仙洞口，树上有一只喜鹊对他喊：“秦汉，你也来了。”

“我来晚了，请原谅，”秦汉说，“洞门关着，我们怎么进去呢？”

二郎神说：“不难。”就飞下树，向门看了一下，见洞门旁有条细缝，就变成苍蝇，钻了进去，对秦汉说：“如果有妖精逃出来，你就打死他。”

秦汉答应了。

二郎神钻进洞，见里头很宽大，很多小妖正在摆酒席，洞的中间坐着野熊精，他对小妖说：“快请两位美人出来跟我成亲，如果她们不答应，就剥她们的衣裳，绑了来见我，我要挖她们的心肝下酒。”

小妖听了，到里头去了。

二郎神恢复人形，提枪向野熊精刺去，大喊：“妖怪，不要胡来，杨老爷来了。”

野熊精吓了一跳，抬头一看，见是二郎神，魂都吓掉了，赶紧到后头去拿了双鞭来，跟二郎神打了起来。

野熊精教小妖们一起上前包围。二郎神吹口仙气，变出了无数的二郎神来打野熊精。野熊精不是对手，拖了双鞭往外跑，

二郎神跟在后头追。

小妖开了洞门，野熊精跑出洞口，秦汉见了，举起狼牙棒打去，野熊精化作一道红光走了，吓了秦汉一跳。

二郎神出来，问野熊精哪儿去了，秦汉说："他化作一道红光，向西南方向逃走了。"

二郎神说："他还不到该死的时候，你进洞救出两位女将军，回营去吧。走的时候，要放火烧洞，把洞里的妖怪都烧死，免得野熊精又回来。"

秦汉把两位女将救出来，放火烧了洞，问二郎神道："这儿离大营很远，她们怎么回去呢？"

"这容易，"二郎神说，"我用一阵大风送她们回去。"说完，他念动真言，立刻起了一阵大风，把两位女将送走。然后对秦汉说："野熊精已经被赶走了，我还要去你师父那儿，你赶紧回营去吧。"

秦汉拜谢了二郎神以后，飞回大营。

这时候，两位女将早就回到大营。秦汉把经过情形报告元帅，元帅很称赞他。不一会儿，窦仙童也要了仙丹回来，敷在薛丁山和陈金定两个人的伤口上，两个人立刻好了，起来谢了元帅和窦仙童。薛金莲和刁月娥也谢了秦汉。

秦汉对元帅说，他要再进关打听。元帅教他小心。

当天晚上三更的时候，秦汉飞到关里，见铁笼仍旧挂在营前，就去向窦一虎打招呼，窦一虎说："你赶紧救我出来，我受不了了。"

"你不要心急，"秦汉说，"等我杀了朱崖，再来救你。"

秦汉又飞往后营，听见罗章跟一个番将在聊天。

那个番将说："最近我们的主将，抢了一个老百姓的妻子，叫赵芙蓉，长得很好看。这女的是中原人，她不答应嫁给我们的主将，主将夫人再三劝她，她说什么也不答应。"

罗章说："如果由她刺死朱崖就好了。"

就在这时候，忽然外头一个人说："好啊，你们竟想谋杀朱崖，我去报告。"

罗章跟那个番将吓了一跳。直到秦汉进去，罗章才放了心，把那个番将介绍给秦汉，说他叫沃利，想投降，一直没有机会。

"你刚才这想法倒是很好，"秦汉对罗章说，"我们可以研究一下。"

罗章说："要能见到赵芙蓉谈一谈就好了。"

"我可以带你们去见她。"沃利说。

秦汉自然很高兴，就跟罗章去沃利家里，见沃利的夫人赵昏。赵昏教他们打扮成番女的模样，带他们去见赵芙蓉。他们教芙蓉假意答应朱崖，用酒把他灌醉，杀死他，她就可以回家见她丈夫了。

赵芙蓉说："我胆子小，恐怕到时候杀不死他。"

"不要紧！"罗章说，"我们可以躲在旁边帮忙。"

那天晚上，沃利去跟朱崖说，他夫人已经把赵芙蓉劝得回心转意了。朱崖很高兴，立刻教人摆酒席，准备晚上跟赵芙蓉成亲。

赵芙蓉果然陪他喝酒，把他灌醉，并扶他回房去睡觉。他往床上一躺，就睡着了。赵芙蓉拿出宝剑，打算下手，但是她全身发抖，抖得连手里的剑都抓不住。好不容易放大胆子，揭开蚊帐，闭起眼睛，举起宝剑向朱崖砍去，没想到她的力气太小，只砍伤了朱崖左边的胳膊。朱崖疼得跳下床来，把赵芙蓉向外拖，就在这时候，罗章跟秦汉杀了进来，把朱崖杀死了。

两个人正打算冲杀出去，忽然听见关外喊声大震，原来是元帅下令打关。

两个人就去放出铁笼里的窦一虎，一起杀出，开了关门，让唐兵进关。

番兵大半被杀死，剩下的有的投降，有的逃到铜马关去了。

金丸夫人听说丈夫被杀，唐兵进关，就自杀死了。

秦汉向元帅报告赵芙蓉和番将沃利帮忙的经过，元帅说一定报请皇上赏赐他们。并且请沃利镇守金牛关，自己率领大军，继续西进。

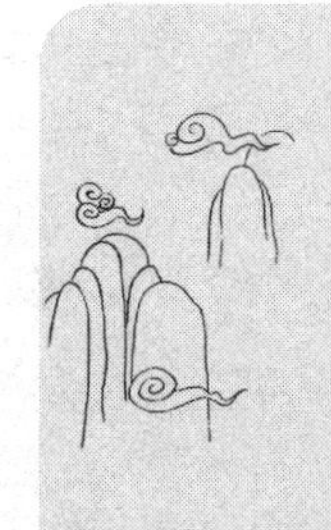

摄魂铃活抓花伯赖

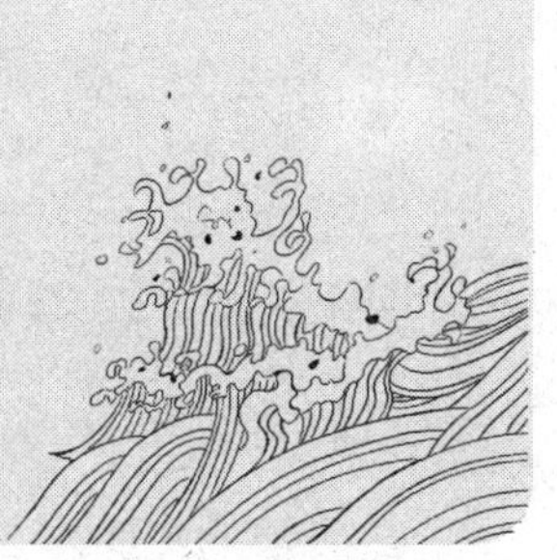

大队人马走了没多久，天下起大雪来，冷得很厉害。元帅下令暂时驻扎，等天晴再走。

雪越下越大，元帅教人在营里摆下酒席，一家人喝酒赏雪。这时候，窦仙童生的薛勇已经八岁，陈金定生的薛猛已经六岁。元帅在金光阵里生下的薛刚也有三岁了。

薛丁山说："奉旨征西，本来以为很快就能平定西番，没想到会拖这么久。我父亲的尸骨，不能运回去埋葬，我又不能伺候我母亲，心里实在觉得很烦。"

"你用不着心烦，"樊梨花说，"西番我们已经占领了十分之九，只要再打下铜马和玉龙两个关，就可以抓住番王，平定西番了。现在且喝酒解闷。"窦仙童跟陈金定也劝他，一家人说说笑笑，非常痛快。

过了不到一个月，天晴了，元帅下令继续进兵，又走了半个月，到铜马关外安营。

铜马关的守将，是兄弟两个人。哥哥叫花伯赖，弟弟叫花叔赖。两个人的本事都很大。他们听说唐兵打下了金牛关，人马已经到铜马关外，就立刻商量对付的方法。

花伯赖说："听说樊梨花很会用兵，又会很多法术，手下的将官都很厉害，我们怎么抵抗她呢？"

"你用不着担心，"花叔赖说，"前年我偶然经过五龙山，认识了山上的五位仙女。她们分青黑白红黄五色，是龙王的女儿，都会仙术，神通广大，很喜欢我，收我做徒弟，送我神鞭跟一只火眼金莺。我有这两样宝贝，还怕什么唐兵！"

"这样就太好了，"花伯赖听了很高兴地说，"我看你最好去一趟五龙山，把你的五个师父都请来帮忙就更好了。"

花叔赖同意他哥哥的意见，不过他说："我没有时间去，我写信派人去请她们好了。"

第二天，樊梨花升帐，教先锋罗章带一万人马去打关。

罗章上马提枪出营，到关下讨战。

花家兄弟听了，带人马出关。两个人一手拿枪，一手拿鞭，一个黑脸，一个白脸，一样的打扮。罗章提枪向花伯赖刺去，两个人打了二十多个回合，不分胜负。花叔赖也上前帮他哥哥的忙。罗章不在乎，三个人打了五十多个回合，仍旧不分胜负。

花叔赖放出金莺，金莺飞来啄罗章的眼睛，罗章回马就走，肩膀上中了花叔赖一鞭，大败回营，花家兄弟在后头追。

兵士去报告元帅，元帅教薛丁山出去接应。花叔赖又放出金莺，薛丁山不知道怎样对付，只好退走，肩膀上也中了花叔赖一鞭。

花家兄弟指挥番兵追杀，杀死不少唐兵。

元帅听到这消息，大吃一惊，教秦汉、刁月娥、窦一虎、薛金莲四个人赶紧出去挡住花家兄弟。

花家兄弟见唐营来了接应的人马，才收兵回关，设宴庆功。

薛丁山跟罗章受伤回营，元帅教人给他们在受伤的地方敷上丹药，伤口立刻好了。

元帅听两个人说，敌人的金莺厉害，要其他的将官们都小心防备。

秦汉向窦一虎说："元帅这么怕金莺，我们今天晚上去关里，把金莺偷来，明天我们这一边就一定可以打胜仗了。"

窦一虎答应了。当天晚上，两个人瞒了元帅，一个地行进关，一个飞进天空。

秦汉飞进关，找到花叔赖住的地方，见花叔赖的床头上挂着一个鸟笼，鸟笼里正是他要找的金莺。他正打算去拿，窦一虎从地下钻出来，到床边拿下了鸟笼。没想到鸟笼里的金莺叫了起来，花叔赖被惊醒，翻身坐起。窦一虎把鸟笼递给秦汉，秦汉接过鸟笼，飞走了。

花叔赖下床，看见面前站着一个矮子，就拿起放在床边的神鞭来打他。窦一虎一扭身子就不见了。

花叔赖抬起头一看，见挂在床头的金莺没了，又气又难过，下令各营官兵小心防守，一直乱到天亮。

秦汉跟窦一虎回到大营，两个人因为是私自去的，不敢去报告元帅，就把金莺踩死，各自去睡觉。

第二天早上，元帅教陈金定跟刁月娥去打关。

两位女将杀到关下讨战。

花家兄弟出关，花伯赖对刁月娥，花叔赖对陈金定，四个人成两对打了起来。

双方打了几十个回合，花伯赖打不过刁月娥，回马败走。刁月娥拿摄魂铃一摇，花伯赖立刻跌下马，被刁月娥抓起来回营献功去了。

花叔赖打不过陈金定，又见他哥哥被抓，没有心思再打下去，回马逃走。陈金定追了下去，花叔赖不进关，落荒而逃。陈金定一路追了下去，追到一个山谷里，不能再前进，花叔赖慌了，不知道怎样是好。就在这时候，一个仙女从仙鹤上落下，对陈金定说:“你不要追他,我来会你。”就用双剑去砍陈金定,陈金定以前在武当圣母那儿见过她,喊道:“赤龙公主,你是修仙学道的人,不要来管闲事,我要把这番将抓了去。”

赤龙公主生气地说:“花伯赖和花叔赖是我们姐妹的徒弟,怎么能不救。如果你能打败我,我就不管。”

陈金定听了大怒道:“你不要吹。”就举起铁锤打去。赤龙公主用双剑迎住,两个人打了起来。

花叔赖见师父来了,高兴地进关去了。

不一会儿,又来了四位仙女,陈金定知道打不过她们五个人,回马就走了。

五龙公主也不追,驾鹤进关。花叔赖迎接她们进去,告诉她们,金莺被唐营的一个矮子偷去了,他哥哥也被抓去了。

五个公主教他不要担心,说她们已经请了很多朋友,准备摆一个五龙阵,跟樊梨花拼一拼,现在所缺少的是官兵。

“这简单得很!”花叔赖说,“我马上派人去向国王请救兵。”

哈迷国王接到花叔赖的报告,就派云必显、方万春、忽突、郝麒麟和驸马苏定国五个人领兵去铜马关。

第二天,苏定国带了四个将官,点了十万人马,向铜马关进发。

陈金定回到大营,向元帅报告遇见五龙公主的经过。元帅也知道五龙公主的厉害，下令把兵马退十里，慢点儿打关。

将官们都接受了命令，只有秦汉跟窦一虎不服气，对元帅说："我们退兵会被人家笑话，明天让我们去跟他们打一仗看看，如果她们真的很厉害，我们再退兵也不晚。"

元帅答应了。

第二天，秦汉、窦一虎带了一队人马到关下讨战。花叔赖接到报告，去见他师父。

白龙公主说："不要紧，等我去把他们抓来，给你出气。"

花叔赖自然很高兴，带兵出关。

白龙公主骑鹤到阵前，朝秦汉、窦一虎骂道："你们这两个矮子不要来送死，快去教樊梨花出来见我。"

秦汉回骂道："你这妖怪，我们的元帅怎么会来见你，吃我兄弟一棍。"一面说，一面举棍打了过去。

白龙公主用双刀架住。三个人打了三十多个回合，不分胜负，白龙公主拿出乾坤宝伞，喊："矮子，看法宝！"就把伞撑开，放出五色祥云，把两个人的眼睛蒙住，两个人立刻跌到伞里去了。

白龙公主收兵进关，吓得唐兵赶紧去报告元帅。

元帅大惊道："我早就知道五龙公主厉害，所以打算退兵十里，等商量了办法再跟她们打，两个人不听，现在果然被抓去了，怎么办呢？"

白龙公主回到关里，花叔赖问她要不要把抓住的两个矮子放出来。公主说："用不着，这时候，他们一定已经变成血水了。"

花叔赖很高兴，吩咐设宴庆功。

几个人正喝得高兴的时候，忽然听见伞里有人说："我是王禅老祖的徒弟，怎么会被你们害死，你们别太高兴，我早晚要杀掉你们这五条妖龙。"

花叔赖听了吓呆了。

黄龙公主说："五妹，你的宝伞一向很灵，今天怎么不灵了呢？"

"这就奇怪了！"白龙公主说。就把宝伞撑开来看，只见两个矮子一个筋斗跳了出来，一个上了天，一个入了地。

五个公主见了也很心惊。

黄龙公主说："他刚才不是说，他是王禅老祖的徒弟吗，自然不会变成血水。明天我们找不会法术的下手。我要祭起火珠，把唐兵唐将都给烧死，教他们知道我们的厉害。"

花叔赖听了，自然很高兴。

秦汉、窦一虎两个人回营见元帅，元帅高兴地说："听说你们被抓去，我很担心，你们是怎么回来的？"

秦汉说："妖龙的宝伞，果然很厉害，她一撑开伞，伞里就发出万道豪光，使我们睁不开眼，接着就被吸到伞里去了。幸亏师父给了我们防身金丹，遇有急难，吞一颗就没事，否则我们早就化成血水了。后来她撑开伞，我们才能逃回来。”

元帅高兴地说：“刁月娥和薛金莲要给你们报仇，明天要打关，你们也去帮忙好了。”夫妻四个人听了，都高兴地准备。

就在这时候，花叔赖派人来下战书，说要停战几天，等他们把五龙阵摆好再打。

元帅答应了，在战书上批了字。

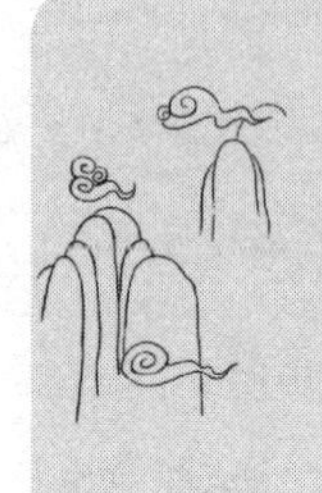

五龙公主摆五龙阵

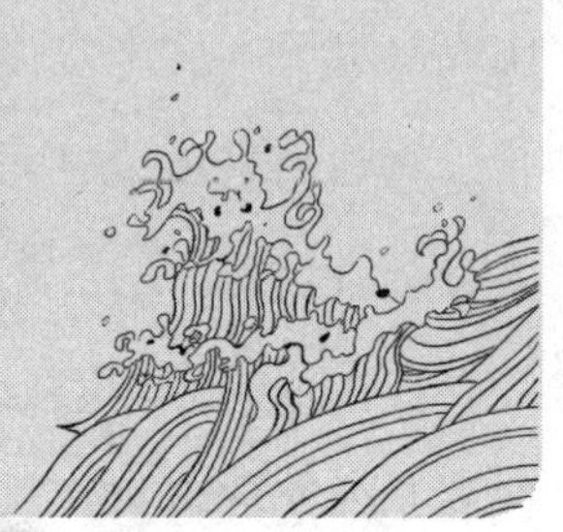

原来驸马苏定国，已经率领人马到达了铜马关。

五位公主开始在关外摆阵，分东、西、南、北、中央五部分。第一阵叫黑龙阵，由黑龙公主主阵，番将郝麒麟把守阵门。第二阵叫白龙阵，由白龙公主镇守，番将忽突把守阵门。第三阵叫赤龙阵，由赤龙公主镇守，番将云必显把守阵门。第四阵叫青龙阵，由青龙公主镇守，番将方万春把守阵门。第五阵叫黄龙阵，由黄龙公主镇守，驸马苏定国把守镇门。十万人马，操练了五天，分成五路，布置在阵里。

阵图完成以后的第二天，五个公主各骑仙鹤，到唐营前讨战。

樊梨花亲自率领手下的将官出营，对五个公主说："我跟你们无冤无仇，你们凭什么摆下这阵来找我的麻烦。如果你们不赶紧收兵，我要杀得你们一个不剩。”

白龙公主说：“樊梨花，你不要仗着你是梨山老母的徒弟，就自以为了不起，欺侮我们。我们摆下的这个阵，如果你能够破，我们就让你西进，否则，你就不要想活着回营。”

“我一路上不知道破了多少阵，”樊梨花说，“怎么会怕你们。你们且让开，等我看一下阵再说。”

黄龙公主说：“你要来看，跟着我们来看好了，不要害怕。”

黄龙公主说完，就跟另外四个公主一起到阵里去了。

樊梨花跟薛金莲、刁月娥到阵前仔细地看了一下，见阵里杀气腾腾，果然很厉害。

三个人看了一会儿就回营。

在回营的路上，樊梨花心想：“这阵里宝贝不少，普通人进不去，一定要会道术的人才能进去。”

回营以后，她就下令准备破阵。她教薛金莲和刁月娥率领一队人马去打青龙阵，给了她们一道护身的灵符，两个人带兵走了。秦汉、窦一虎有金丹，用不着灵符，教他们去打赤龙阵，两个人带兵走了。又教窦仙童、陈金定两位女将，各带一道护身符去打白龙阵，两个人也领兵走了。

樊梨花心想：“这儿会仙法的，只有八个人，现在已经派出六个人，我跟薛丁山去找黄龙阵，剩下的黑龙阵，让谁去打呢？”

就在她觉得为难的时候，忽然尉迟青山督运粮草来了，樊梨花高兴地对他说："你来得正好，你的竹节钢鞭也是一样宝贝，可以去。你跟先锋罗章各带一道护身灵符去打黑龙阵。"两个人也带兵走了。

然后她跟薛丁山带兵去打中央的黄龙阵。

薛金莲和刁月娥进了青龙阵，被番将方万春拦住，三个人杀了十多个回合，不分胜负。刁月娥拿出摄魂铃摇了几下，番将立刻跌下马，薛金莲正要去砍下他的头，青龙公主骑着仙鹤出来，三人打在一起。青龙公主摇动百铃旗，只听得阵里声响，走出无数的怪兽，张开大嘴，跑来吃薛金莲和刁月娥。两个女将吓得回马出阵，败回大营。

秦汉、窦一虎杀进赤龙阵，云必显出来拦住。三个人打了一会儿，云必显招架不住，回马就走，两个人正打算追，赤龙公主骑着仙鹤，祭起雌雄剑向两个人砍来。两个人喊了一声"不好!"都钻进地下走了。

窦仙童、陈金定两位女将杀进白龙阵，遇到番将忽突，将他打败。白龙公主撑开宝伞，两个人赶紧回马逃走。

尉迟青山、罗章杀进黑龙阵，遇到番将郝麒麟，郝麒麟自然不是对手。阵里杀出黑龙公主，摇动百叶旗，两个人立刻跌下马来，幸亏有灵符在身上，没有化成血水，但是却陷在阵里了。

薛丁山跟樊梨花杀进黄龙阵，遇到苏定国，三个人杀在一起，黄龙公主祭起火珠打来，樊梨花借火遁走了，薛丁山陷在阵里，幸亏他有灵符保身，不会被烧死。

樊梨花回到大营，逃回来的将官都说阵里的法宝厉害，没法破。清点了一下人数，薛丁山、尉迟青山、罗章三个人陷在阵里。

樊梨花心里很烦，实在没有办法，只好写了信，教秦汉、窦一虎送到梨山去给她师父，请她师父下山帮忙。

秦汉、窦一虎到梨山老母的洞门口，两个道童出来请他们进去。

两个人拜见了梨山老母，把樊梨花的信给她。梨山老母说："我早就知道了。薛丁山、尉迟青山和罗章应该有五十天的灾难。你们两人去南海洛伽山，请观音菩萨座下的善财童子下凡，才能破阵。要破黄龙公主的火珠，还要去西方火焰山向铁扇公主借芭蕉扇。"

两个人叩谢出洞，窦一虎对秦汉说："去南海要过海，你可以飞过去，就由你去好了，我地行去火焰山借扇。"

两个人商量好以后，分别走了。

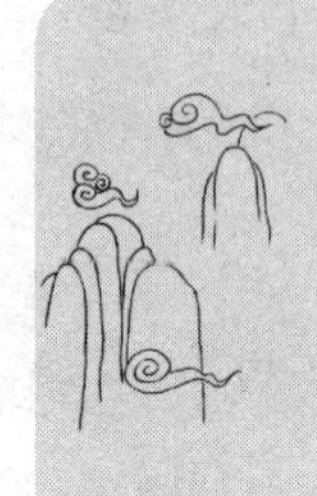

窦一虎借芭蕉扇

窦一虎在地底下走了几天，钻出来一看，见是一个村庄，有一个老头儿在河边上看云，自言自语地说："快要下雨了！"

窦一虎上前向他行礼，说："老先生！"

老头儿还了礼笑道："你这么矮小，从矮人国来的，是不是？"

"不，"窦一虎说，"我是从大唐中国来的。"

老头儿不相信地说："你不要骗我，大唐离这儿有好几万里路，除非你是齐天大圣才能到这儿。"

窦一虎问："齐天大圣是谁？"

"连齐天大圣你都不知道吗？"老头儿说，"他也是大唐人，是唐三藏和尚的徒弟孙悟空。唐僧去西天求经，这儿的西北有一座火焰山，他们没法过去。孙悟空就去向铁扇公主借了芭蕉扇来，把火焰山扇灭了。以前这儿热得不得了，现在却凉快多了。"

窦一虎高兴地说:“这太好了,我正要找铁扇公主借芭蕉扇,请问她住在哪儿?”

老头儿说:“从这儿向西走一百里,有一座山叫翠云山,那儿有一个洞,叫翠云洞。铁扇公主就住在翠云洞里。”

窦一虎听了,一扭身子就不见了,把老头儿吓了一大跳。

窦一虎又走了约一百里,钻出头来一看,见前头有一座土山,走到半山,果然看见一个洞,洞上写着翠云洞三个字。他敲了三下门,里头有一个道姑出来开门,他向那道姑行了礼,说:“道姑,我是大唐樊元帅派来的,要向公主借芭蕉扇破阵,请进去通报一声。”

道姑说:“你这矮子,也是大唐来的?我们的公主受了大唐和尚的气以后,就发愿修行,不管闲事,我是不敢去报的。”

“道姑,我是王禅老祖的徒弟,经过千山万水,才能到这儿,”窦一虎说,“无论如何要请你进去通报一声。”

“我们公主也常提到你师父,”道姑说,“你既然是他的徒弟,那么我就替你去通报一声。”

道姑进去对公主讲了,公主听说是王禅老祖的徒弟,就请他进去。

窦一虎进洞,拜见了公主以后,说明来意。公主说:“以前有火焰山的时候,宝扇绝不外借。现在火焰山被孙悟空扇灭了,留在洞里也没有用处，就借给你吧。不过，破了阵以后，一定要还给我。”

“那当然。”窦一虎说。

道姑就把宝扇拿出来，交给窦一虎。窦一虎接过来，见是一把能大能小的蒲扇，就叩谢出洞回营。

另一方面，秦汉飞了几天，到了南海，落下山一看，看见前头有一座庙，庙上头写着“慈航禅院”几个字。他在门口站了一会儿，里头出来两个和尚，笑着向他说：“你是不是王禅老祖的徒弟秦汉？”

秦汉大惊，想：原来菩萨早就知道了。赶紧上前行礼，说：“是。”

两个和尚回礼以后，说：“我们是菩萨的两个徒弟，法名叫都罗和吉谛。菩萨有事情离开了，他吩咐我们，说你要求善财去帮忙破五龙阵，教我转告你，请你回去，他回来以后会教善财去。”

秦汉不敢久留，就向两个和尚告别，飞上云头。飞到西凉国，听见下头有喊杀的声音，就落下来，见师弟窦一虎跟一个小孩儿打在一起。看样子窦一虎打不过小孩儿，一面打一面退。

秦汉上前，喊：“小孩子，不要胡来！”

那个小孩儿见又是一个矮子，也不说话，举起枪向秦汉刺来。两个人打了一会儿，秦汉打不过，棒法乱了，窦一虎又来帮忙。三个人打了一会儿，秦汉架不住小孩儿的枪，问："你叫什么名字，为什么要跟我师兄打？"

小孩儿说："我是牛魔王和铁扇公子的儿子，火云洞的红孩儿。为了想吃唐僧肉，唐僧的徒弟孙悟空求观音菩萨把我收服，成了南紫竹林观音菩萨座下的善财童子。菩萨教我来西凉助唐兵破阵，路上看见这矮子，背着我母亲的芭蕉扇，一定是他偷来的，如果他不还我，就不要想走，我就把你们俩活吃了。"

秦汉笑道："原来是善财童子。我是王禅老祖的徒弟。我奉梨山老母的命令，教师兄去你母亲那儿借芭蕉扇来破阵，我去南海请菩萨派你来帮忙，见到都罗和吉谛两个和尚，说菩萨带了你有事出去了，教我先回来，等菩萨回去以后再派你来。刚才我驾云来，看见你们在打。这把扇子是向你母亲借来的，不是偷的。"

善财童子听了，才明白是怎么回事，就说："一虎师兄可也怪，他不肯告诉我这些。不是你来，他一定会被我刺死。"

窦一虎笑道："我虽然打不过你，可是你想刺死我，却不简单，不信你瞧。"说完把身子一扭就不见了。

善财童子对秦汉说："他会地行，你有什么本事？"

"我会钻天，"秦汉说，"一天能飞几千里，你呢？"

"我有风火两轮，比你们两个人更快，"善财童子说，"我一天能走几万里。"

"我们不要再耽搁了，赶紧回营去吧。"两个人驾云回了大营。

樊梨花见秦汉、窦一虎两个人去梨山几天没有回来，心里很着急，向将官们说："罗章他们陷在阵里，不知道是死是活，秦汉他们去梨山这么久还没有回来，我们不能再等了，我决定明天去破阵，你们好好准备一下。"

就在这时候，花叔赖派人来下战书，樊梨花批了第二天开仗。

第二天，樊梨花升帐，教刁月娥打第一阵，薛金莲打第二阵，陈金定打第三阵，窦仙童打第四阵，她自己准备打第五阵。

恰好在这时候，秦梦督运粮草回营。他好久没有打仗，希望打一场，元帅答应了他。他就带了一队人马出营，跟花叔赖打在一起。打了五十多个回合，花叔赖不是对手，回马败走，秦梦追了下去。五龙公主骑鹤出来迎住，唐营的五个女将也一起杀出，双方打在一起。

不一会儿，双方都祭起了法宝，窦仙童祭起了捆仙绳，被五龙公主撑开宝伞收了去，刁月娥摇动摄魂铃，也被收了去。樊梨花气坏了，祭起了乾坤圈和混元棋盘，没想到也被对方的宝伞收了去。

五个女将没有办法，只好回马败走。五龙公主在后头追。

黑龙公主祭起了雌雄剑来杀樊梨花，忽然从云头上落下一个小孩，大喝道："黑龙公主不要逞能，我来了。"樊梨花抬头一看，见一个小孩脚踏风两轮，手里拿着一根火尖枪，向黑龙公主刺去。

黑龙公主认得是善财童子，大声喊道："红孩儿，你怎么也来管闲事？"收了双剑，跟另外四个公主一起把他围住，唐营的五个女将，见来了帮手，又杀回来。

秦梦追花叔赖，花叔赖祭起神鞭，秦梦没有防备，被打下马来。花叔赖正打算上前割下秦梦的脑袋，没想到被云头上的秦汉看见，他飞下来，举起双棒，向花叔赖打去。

两个人打了起来，秦梦被唐兵救回。花叔赖打不过秦汉，又祭起神鞭，秦汉飞到云头上去了。花叔赖只好收鞭回关。

五龙公主见没法打败对方，就对红孩儿和樊梨花说："今天太晚了，明天再打吧。"于是双方各自收兵。

红孩儿大破五龙阵

樊梨花回营，见秦梦受伤，教人给他敷上丹药，然后向善财童子道谢。秦汉也报告了去请善财童子的经过。

樊梨花听了很高兴，对善财童子说："今天要不是你来帮忙，我们又要被打败了。"

接着，窦一虎又报告了借扇的经过，樊梨花吩咐设宴庆贺。

在酒席上，大家提起五龙公主的宝伞厉害，善财童子笑道："她们的宝伞虽然厉害，还不如我身边的太极图，明天我一定帮你们把宝贝拿回来。"大家听了，自然很高兴。

第二天，元帅升帐，善财童子要去破阵，元帅说："今天破阵，全靠你了，希望你小心。"就教秦汉、窦一虎去帮忙，教窦仙童、陈金定、薛金莲、刁月娥等几个女将担任接应。

黄龙公主收兵回关，心里很烦，对四位公主说："我们已经修道几千年，现在为了一点小事下山，以为一定可以帮助花叔赖打败唐兵，没想到他们请了善财童子来帮忙，善财童子神通广大，我们绝不是对手，不如回山去算了，不要再管闲事。”

白龙公主说：“姐姐，你怎么说这种话呢？我们也是很有名的人，怎么能怕善财童子。明天要是他来打阵，我们一定也抓住他。”

其他三个公主也都赞成白龙公主的话，黄龙公主没有办法，只好答应继续留下。

第二天，五个公主骑鹤出关，见唐营冲出三个男将官和四个女将官，杀到阵前，向她们喊：“你们赶紧投降，我们可以饶了你们。”

白龙公主喊道：“红孩儿，今天我不跟你打，你敢不敢打阵？”

“这有什么难的，”善财童子说，“我来打好了。”

五个公主回马进阵，等候善财童子。

善财童子向秦汉、窦一虎说：“我们最好先打进青龙阵，才能破阵。”秦、窦两个人自然没有话说。

三个人一起杀进青龙阵，被番将方万春拦住。青龙公主摇动灵旗，立刻跑来很多怪兽，秦、窦两个人慌了，善财童子笑道：“这一点妖术，算得了什么？”祭起太极图，打断灵旗，怪兽立刻都不见了。

青龙公主喝道："你这孩子敢破掉我的法宝!"骑鹤举剑砍来，善财童子用枪架住。青龙公主自然不是对手，被秦汉一棍打下仙鹤。

四个女将见青龙阵被破了，都杀进阵中，青龙公主没法逃走，把嘴一张，喷出很多水，她在水里一滚，变成一条青龙，借着水逃走了。

红孩儿说："她既然逃走，就不必再追了。"几个人再去打赤龙阵，被番将云必显拦住。双方打了几个回合，善财童子祭起了太极图，打死了云必显。赤龙公主祭起了雌雄剑，也被善财童子的太极图打下。赤龙公主嘴一张，放出万道金光，身子一摇，现出原形，原来是一条赤龙，借火遁走了。

赤龙阵破了，大家再去打黑龙阵。冲出番将郝麒麟，被窦一虎打死。黑龙公主摇动百叶旗，两个矮将立刻跌下马来。善财童子祭起太极图，打断了百叶旗，两个矮将向黑龙公主杀了去，黑龙公主嘴一张，吐出很多黑水，变成一条黑龙走了。

黑龙阵一破，四个女将杀进阵，救出尉迟青山和罗章，教小兵背回营，又一起杀向白龙阵。

番将忽突打不过善财童子，被挑下马，四个女将把他活捉住。白龙公主撑开宝伞，两个矮将和四个女将都受不了，跌倒在地。只有善财童子不受影响，笑道："白龙，不管你的伞有多厉

害，今天碰到我算你倒霉。”祭起太极图，把宝伞打碎，一声雷响，倒在地上的唐将又都醒来，各自收回自己的法宝。

白龙公主见阵被破，嘴一张吐出很多水，在水里一滚，现出一条白龙逃走了。

善财童子又去打黄龙阵，遇到驸马苏定国，仅几个回合，苏定国就招架不住，回马败走。大家追下去，被黄龙公主出面拦住，打了十多个回合，黄龙公主祭起火珠，立刻燃起一大片烈火来，唐营的将官们吓得四散逃走。小兵们都被烧死。只有善财童子笑道：“黄龙，你这妖怪，你不知道我是生在火焰山，住在火云洞，怎么会怕你的火，我们就在火里打一场好了。”

黄龙公主知道自己不是对手，火势越来越强，樊梨花赶紧教窦一虎拿芭蕉扇出来。

窦一虎拿出芭蕉扇，连扇了几扇，火珠立刻落在地上，火也灭了。

黄龙公主大怒道：“你们借了铁扇公主的芭蕉扇来破我的宝贝，我不能放过你们。”说完就现出三头六臂，向樊梨花杀来。

善财童子笑道：“黄龙公主，你这法术有什么了不起，瞧我的。”吹了一口仙气，立刻出现无数红孩儿，把黄龙公主围住，杀得黄龙公主没法招架。善才童子又祭起了太极图，向她打去。黄龙公主看情形不对，现出原形，原来是一条黄龙，嘴里喷出很多火，含着火珠，借火遁走了。

五龙阵被破了，大家救起了薛丁山，把他送回大营。

樊梨花向善财童子道谢以后，教将官们去休息，准备第二天打关。

第二天，窦一虎向元帅说要去送还芭蕉扇，善财童子道："我已经破了阵，打算回去。我有很久没有去看我母亲了，这把扇子让我带去，代还给我母亲好了。"

樊梨花很高兴，把扇子交给善财童子，善财童子吹了口仙气，把扇子变成小钱般大，含在嘴里，然后向大家告别，踏着风火轮走了。

元帅下令打关，花叔赖不理会，元帅没有办法，只好收兵回营。窦一虎建议说："今天晚上我们进关，杀了花叔赖，打开关门，元帅派兵杀进去，里应外合，一定可以成功。"

元帅答应了，让他们小心。

当天晚上，两个矮子偷偷地进关，很容易就杀了花叔赖，打开关门，放唐兵进关。苏定国匆匆忙忙地起床，逃往玉门关去了。

樊梨花兵打玉龙关

樊梨花进了铜马关，放出花伯赖跟忽突，对他们说："我不杀你们两个，你们回去教玉龙关的守将早点儿投降，把西凉国王交来，说不定我们的皇上仁慈，会饶了你们。"

两个人道谢以后，出城走了。

元帅下令设宴庆功。休息了三天，起兵打玉龙关，教罗章担任先锋，薛丁山担任后卫，人马分三路前进。

三天以后，到达玉龙关外，罗章下令打关。

玉龙关的主帅是西凉国王的大儿子罕鬼粘。他接连接到苏定国和花伯赖、忽突的报告，知道唐兵不容易对付。现在听说唐兵已到关外，急得不知道怎样是好，跟手下的将官商量，问谁愿意出去迎敌，没有一个人开口。

幸亏这时候，番兵来报告，国舅苏宝同求见，太子赶紧请他进去。

苏宝同拜见了太子以后，太子说："国舅这次来，我想一定有了打败唐兵的办法，是不是？"

苏宝同说："教主金壁风祖师，借给我一匹神兽，叫黑狮子，相当厉害，我相信，单凭这匹神兽，就可以打败唐兵了。"

太子听了很高兴，立刻下令放炮出关。苏宝同骑了黑狮子出阵，跟罗章打了不到三个回合，把黑狮子一拍，黑狮子就飞到空中，嘴跟鼻子里喷出烟火。罗章睁不开眼睛，回马就走。烟火越来越多，烧得唐兵焦头烂额，一万人马，损失了一大半。

苏宝同收兵回关。

罗章也回营，知道元帅已经来了，驻扎在山下，就去报告失败的经过。元帅听了，心里很烦。

第二天，元帅教窦一虎、秦汉去打关，杀到关下，苏宝同出来接住，打了一会儿，苏宝同一拍神兽，神兽喷出烟火，秦、窦两个人一个上天，一个入地，都逃走了。唐兵又大败。

元帅看见，教窦仙童、陈金定赶紧上前，跟苏宝同打在一起。苏宝同一拍神兽，神兽又吐出烟火。元帅念动真言，立刻冲来大水，把烟火浇灭。

苏宝同吓得回马逃走，他没有回关，逃到一个高山上，心想：我带出来的番兵都被大水淹死了，回去怎样向太子交代呢？

就在这时候，他听见附近传出钟声，就顺着传出钟声的方向走，走了不远，看见前头有一个尼姑庵。他想：天已经晚了，我不如就在这庵里借住一夜，明天再去请师兄来帮忙。

他下马，把马拴在树上，走进庵门，见有几个尼姑在里头做功课，就上前说明来意。

一个尼姑说："我们这儿留你不方便，你去别的地方借住吧。"

苏宝同说："天已经快黑了，附近没有可以借住的地方，无论如何，请你让我住一个晚上。"

一个小尼姑说："师姐，里头有一个关老虎的铁笼，就教他住在笼子里好了。这样，大家就都可以放心了。"

其他的尼姑们都赞成这建议，问苏宝同愿不愿意。苏宝同没有办法，只好答应。

尼姑立刻把苏宝同带到铁笼那儿去，苏宝同进了铁笼，尼姑在外头把笼关好。

没想到尼姑们立刻都不见了，很多将官走了进来，其中一个女将大喝道："苏宝同，你认得我吗？"

苏宝同抬头一看，不禁喊道："不好了，我中了樊梨花移山倒海的计了。"就哀求道，"女元帅，你是光明正大的英雄，就饶了我吧，下次不敢再得罪你了。"

樊梨花骂道:“你这反贼,好几次抓住你,杀不了你。今天我把灵符贴在笼子上,连你带笼子,扔到北海里去,看你是不是还能逃走?”骂了以后,就立刻贴上灵符,教人抬了扔到北海里去。

铁笼沉到海底,被巡海夜叉看见,赶紧去报告龙王。龙王教龟鳖二将把笼子抬去给他看。龟鳖二将把铁笼抬到龙王面前,龙王问笼子里是谁,是被谁抓住的,苏宝同听见有人叫他,睁开眼一看,知道到了龙宫,就说:“我是西凉国王的国舅苏宝同,被樊梨花用移山倒海的法术抓住,关在笼子里,沉到海底,希望你救我一下。”

龙王说:“我怎么救法呢?”

龙宝同说:“你只要把笼子上的灵符揭下来,我就可以出来了。”

龙王就亲自揭下贴在笼子上的灵符,苏宝同立刻化作长虹走了。气得龙王大骂:“这人太不像话,我救了他,他连句话都不跟我说就走了。以后再遇到这种事,我绝不管了。”

苏宝同逃出北海,打算去请他师父下山,半路上遇到铁板道人和飞钹禅师,苏宝同向他们说明自己的失败经过,教他们先去玉龙关帮助太子,他要去请他师父下山。

铁板道人跟飞钹禅师答应了,两个人就去了玉龙关。

樊梨花收了法术回营,第二天下令加紧打关。

太子急得不得了，忽然小番来报告，说军师到了关外，太子教人放他们进关。

两个军师拜见了太子以后，说奉元帅的命令来帮忙。太子很高兴，请他们出关讨战。

元帅听说是铁板道人和飞钹禅师来讨战，心想：这两个人逃走很久，现在又回来，一定带来了什么法宝。就教秦汉、窦一虎跟几个女将出去。

飞钹禅师见对面来了秦汉、窦一虎，知道他们厉害，就祭起玲珑宝塔，秦汉上天，窦一虎入地走了。

飞钹禅师很气，冲杀过去，被薛丁山接住。几个女将上前把铁板道人和飞钹禅师包围起来，两个人不是对手，飞钹禅师祭起宝塔，打中了薛丁山，窦仙童祭起了捆仙绳，飞钹禅师化作一道长虹走了。

铁板道人拿出神光扇，向窦仙童扇了几扇，窦仙童就觉得浑身发麻，手跟脚都不能动一动。刁月娥赶紧摇动摄魂铃，铁板道人化作长虹走了。

番兵败进关中，樊梨花也收兵回营。

薛丁山被打死了，他妻子跟妹妹都伏在他尸首上放声大哭。

就在这时候，忽然云头上落下两位仙翁。窦一虎见是师父、师叔来了，赶紧去报告元帅。

元帅跟将官们一起出营迎接，把王禅、王敖两位老祖迎了进去。徒弟们一个一个上前拜见。王禅老祖问薛丁山和窦仙童哪儿去了。樊梨花说薛丁山被打死，窦仙童受了伤。

两位老祖去看过以后，王禅老祖说："不要紧。"拿出两颗仙丹，放在薛丁山和窦仙童的嘴里。不一会儿，薛丁山活了过来，窦仙童的伤也好了，两个人都去拜见两位老祖。

王敖老祖对樊梨花说："他们的两样法宝是向教主金壁风借来的。他们的教里都是妖魔鬼怪，单靠我们两个人的力量，还没有办法对付他们，等到他们排了诸仙阵以后，我们再多约一些人，一起去破他的阵。我给你一面灵旗、一颗珠子，灵旗可以破神光扇，珠子可以破玲珑宝塔。"

樊梨花接过两样宝贝，两位老祖驾云走了。

樊梨花下令第二天打关。

第二天，铁板道人和飞钹禅师又出关讨战。

樊梨花教窦仙童、陈金定两个人出去，同时把两样宝贝交给薛丁山，教他拿去破铁板道人和飞钹禅师的法宝。

铁板道人跟飞钹禅师遇见了窦仙童和薛丁山，都吓得愣住了，昨天他们明明一个被宝塔打死，一个被宝扇扇呆，怎么现在又都能出来打仗了呢?

双方打了一会儿，飞钹禅师祭起了宝塔，薛丁山立刻祭起珠子，塔里的龙看见珠子，飞出来抢，薛丁山把手一招，塔跟珠子就都落在他手里了。

铁板道人赶紧拿出神光扇，薛丁山也拿出灵旗来摇，神光扇立刻失去了效用。窦仙童祭起捆仙绳，两个人一起化作长虹走了。

薛丁山跟两位女将收兵回营。

铁板道人和飞钹禅师逃到关里见太子，太子说："听说你们的宝贝都被破了，我们怎么办呢？"

铁板道人说："你不要担心，国舅已经去请他师父下山，我们也准备去请几位大仙来帮忙，你只要小心防守，等我们回来就行了。"说完，两个人就向太子告别，化作两道长虹走了。

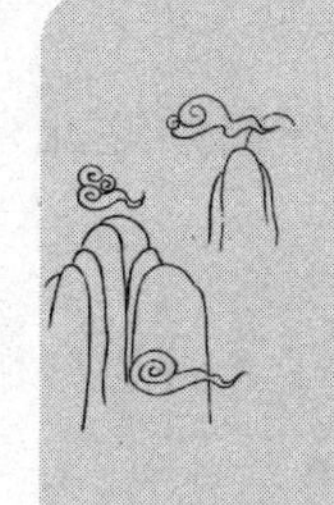

妖仙大战樊梨花

苏宝同到蓬莱山的莲花洞，拜见他师父李道符，跪在地上，流着眼泪说："师父赐我的法宝都被破了，现在西凉国只剩下玉龙关，这关一丢，国家就完了，希望师父下山，消灭樊梨花，给我报仇。"

李道符大怒道："樊梨花仗着她是梨山老母的徒弟，欺侮我们这一教，我带你去见教主，多请几位仙长下山去打樊梨花。"

苏宝同说："我曾经向教主借了黑狮子，没想到也被樊梨花抢去了，我实在没有脸再去见教主。"

"不要紧，"李道符说，"我们就拿这件事来挑拨他，只要惹他生气，就有把握消灭樊梨花了。"

苏宝同听了很高兴，就跟着他师父出洞，驾云去金山逍遥宫，到宫门口求见。

两个散仙去报告教主金壁风，金壁风就喊他们两个人进去。

李道符和苏宝同拜见了教主以后，教主问道："你们到这儿来有什么事？是不是还我的黑狮子？"

李道符说："不敢瞒教主，徒孙借了教主的黑狮子去打樊梨花，没想到被樊梨花用移山倒海的法术抓住。徒孙再三哀求，说黑狮子是向教主借的，希望她放还。没想到她不肯放还，并且说，如果教主去，她也要抓住。最后，她竟把徒孙沉到北海里去，徒孙化虹逃去见我，我陪他来见教主，希望教主做主。"

金壁风问苏宝同有没有这回事，苏宝同说："每个字都是真的，她还骂我们教里都不是人。"

金壁风听了，一半相信，一半怀疑，恼了台阶下边的野熊仙、金鲤仙、神龟仙、黑鱼仙、老牛仙、花马仙、神犬仙、野狐仙、鸡冠仙、凤凰仙等散仙，都上殿说："樊梨花看不起我们这一教，侮辱我们，太过分了，不如我们一起到玉龙关去，跟她打一仗，看究竟是谁行。"

"你们不要乱来，"金壁风说，"樊梨花是梨山老母的徒弟，神通广大，她只不过帮助大唐，不一定是存心欺侮我们。你们都是修道的人，不要多管闲事。"

野熊仙说："我在金牛关帮我的徒弟，她请了二郎神去，烧了我的洞府，杀光了我的徒弟，如果教主再不理会，以后恐怕没有人愿意参加我们的教了。”

经大家一再怂恿，金壁风终于答应，对他们说：“你们去玉龙关摆一个诸仙阵，她如果还我的黑狮子就算了，否则我要亲自去斗她一斗。”说完，他就让李道符带苏宝同去玉龙关准备迎接各位散仙。

李道符跟苏宝同欢天喜地地走了。各散仙也向教主告别，驾云去玉龙关。在半路上遇到铁板道人和飞钹禅师，两个人听他们说是去玉龙关帮忙，就也跟着回了玉龙关。

苏宝同先到玉龙关，教太子摆香案，迎接各妖仙。不一会儿，妖仙们都来了，太子一一迎接进去。

第二天，苏宝同领兵出关，妖仙们也都跟着出去。

樊梨花教薛丁山、秦汉、窦一虎三个人出阵。薛丁山一出营，就遇见花马仙和神犬仙，三个人打起来。花马仙、神犬仙不是对手，嘴里吐出妖雾，腥气连天，薛丁山伸手不见五指，被拖下马，幸亏秦汉上前迎住，窦一虎把薛丁山救回。

对方阵里又冲出四个妖仙，把秦汉包围在中间。窦一虎救了薛丁山以后，又冲出阵去帮秦汉。

金鲤仙头顶上放出豪光，黑鱼仙嘴里放出青烟，神龟仙眼睛里冒出烈火，鸡冠仙头上放出五彩，飞到空中，结成磨盘大的东西，向两个人头上打来。两个人见形势不好，都钻进地下走了。

两个人回营报告元帅，元帅心里很烦，去看薛丁山，见他中毒很深，给他吃了两颗灵丹才醒来。

李道符怕妖仙打扰城里的老百姓，就在关外安营。

第二天，樊梨花骑了黑狮子出阵，左边是窦仙童，右边是陈金定。

对方是野熊仙出阵，野熊仙打不过三个女将，其他的妖们正准备出阵的时候，樊梨花一拍黑狮子，黑狮子就吐出烟火，吓得野熊仙赶紧借火遁走了。

苏宝同见黑狮子厉害，不敢出阵，对妖仙说："可恨，教主的黑狮子被她抢去了，如果我们能偷回来还给教主，倒是一件大功劳。"

"这有什么难的！"花凤仙说，"今天我保证偷来。"

当天晚上，花凤仙驾云去偷营，黑狮子居然被她偷到手了，但是刚出营就遇到了巡夜的秦汉，飞到云头上，跟她打了起来。惊动了唐营的将官，用乱箭向花凤仙射去，花凤仙心里一慌，扔下黑狮子逃走了。

秦汉率黑狮子回营，向元帅报告打退花凤仙的经过。

花凤仙空手回去，苏宝同烦得要命，但一点儿办法都没有。

第二天，唐将又到关前讨战，妖仙们上前迎敌，各显神通，只见乌云密布，现出无数的怪兽，冲向唐兵。

樊梨花念动真言，把红绿豆撒在空中，立刻云收雨散，怪兽都没了影子。

神龟仙忍不住，冲出来骂道："樊梨花，你敢破我们的法术，瞧我的！"把手里的鹅毛扇子一扇，立刻出现一大片洪水，淹向唐兵，又祭起红光剑来砍樊梨花。

樊梨花念动真言，水立刻消失了，她用手接了红光剑，祭起诛仙剑，神龟仙来不及躲，背被打中，现出原形，原来是一只大乌龟。樊梨花教人用绳子穿了乌龟的琵琶骨，贴上灵符，吊在旗杆上。其他的妖仙们见了都退走了。樊梨花见天快黑了，也收兵回营。

苏宝同跟妖仙们报告李道符，神龟仙被樊梨花活抓了去，吊在旗杆上，希望李道符去救回来。李道符说："樊梨花用灵符镇住，一定要教主亲自去才能救他回来，明天我要亲自去会一会樊梨花，看她究竟有多大的本事。"

樊梨花回营后，向将官说："明天我们要大破番兵，活抓妖仙，抢下玉龙关。"大家都答应了。第二天，樊梨花分配任务，教秦汉、窦一虎打头阵；刁月娥、薛金莲打第二阵；窦仙童、陈金定打第三阵；她自己准备打后阵，由罗章和薛丁山担任左右接应。

任务分配完毕，全体将官出营，秦汉、窦一虎到阵前讨战。

花马仙和神犬仙出营迎敌，刁月娥、薛金莲上前，被老牛仙、野熊仙接住。老牛仙吐出青烟,没想到刁月娥摇动摄魂铃,老牛仙跌下马来,现出原形,是一只白牛。刁月娥教兵士拿绳子穿了他的鼻孔眼儿,牵回本阵。野熊仙见老牛仙被抓,心里慌了,摇身变成飞熊,来抓薛金莲。刁月娥摇动摄魂铃,野熊仙也落下马,被唐兵捆了带回营。

窦仙童、陈金定上前,被飞钹禅师、铁板道人接住。樊梨花出阵,被李道符拦住,李道符说:"樊梨花,你还认识我吗?我跟你师父是朋友,苏宝同是我的徒弟,你为什么这样欺侮他?"

樊梨花说:"你不要管闲事,否则不要怪我不客气。"

李道符气得不再说一句话,举起双剑向樊梨花砍来。

樊梨花用双刀架住,说:"看在你是我师父朋友的分上,我让你三剑,过了三剑,我就要对你不客气了。"

李道符不吭声儿,刷!刷!又是两剑,樊梨花果然不再让步,跟李道符打了起来。打了三十多个回合,不分胜负。樊梨花心想:他法术高强,我不如先下手的好,就祭起打神鞭去打李道符。李道符哈哈一阵大笑,把袍袖一抖,神鞭就落到他袖子里去了。接着他身子一摇,背后现出五道金光,罩住樊梨花的眼睛。他抓着剑跑来,要杀樊梨花的时候,忽然一声雷响,金光被打散,梨山老母骑了一只金鳌,飞下来大喊:"不要伤害我的徒弟!"

李道符正要跟樊梨花打的时候,忽然听见天空传来音乐声,知道教主也到了，就说："等我迎接了教主以后，再来跟你打。"说完就驾云迎接教主去了。

樊梨花收兵回营，迎接师父进帐。

梨山老母说："金壁风教主炼了四把剑，准备摆一个诸仙阵，跟我们斗法，你赶紧教人在营外搭一个帐篷，迎接来帮忙的仙人。"

樊梨花立刻派人准备去了。

金壁风怒摆诸仙阵

金壁风捧着四把新炼成的宝剑，带了徒弟，驾云去玉龙关，在半路上遇到弥勒佛座下的黄眉童子。他趁他师父去朝拜西天如来佛的时候，私自出来玩儿，见金壁风的宝剑发出五色豪光，知道是宝贝，就上前说："老道士，这几把剑送给我吧！"

教主一看，原来是一个小孩，就说："我要带到玉龙关去斗法，你要了有什么用？"

"我喜欢它发出的五色豪光。"黄眉童子说。

教主听了又好气又好笑，说："不要说废话，赶紧走开。"

黄眉童子见金壁风不肯把宝剑送给他，就把他手里的一个布袋扔进空中，金壁风手里捧着的几把剑，立刻被布袋收了去。他知道这布袋是佛祖的宝贝，就对黄眉童子说："这几把剑我实在是有用处，这样吧，你陪我去一趟玉龙关，等我用它杀了樊梨花，就送给你，好不好？”

“到时候你一定要给我！”黄眉童子说。

“当然。”金壁风说。

于是两个人一起去玉龙关。

李道符跟九个妖仙迎接教主进营以后，报告开仗经过，并且说黑狮子仍旧在樊梨花手里，派人去偷了一次，没有能偷回来。

教主就教他的两个女徒去偷，顺便救人。这两个女徒弟，一人叫飞云，一个叫飞翠。教主给她们每人一道灵符。

两个人驾云到唐营，见黑狮子拴在营帐前，旗杆上吊着神龟仙、野熊仙和老牛仙。有人把守，没法上前偷。

等到晚上三更以后，飞云去偷黑狮子，飞翠到旗杆前，拿出灵符一照，野熊仙和老牛仙都立刻获得自由，只有神龟仙眼泪汪汪地说：“你们先走吧，我要樊梨花亲自念咒才能解脱。”

飞云没有办法，只好回营，向教主报告救三仙的经过，教主屈指一算，知道神龟仙的灾难还没有满。野熊仙和老牛仙上前叩谢了教主。

接着，飞翠也偷了黑狮子回来了，教主自然很高兴，让人将它拴在后营。

第二天，樊梨花升帐，小兵来报告黑狮子不见了，旗杆上吊着的三个妖仙，逃走了两个，只剩下一个。

樊梨花去报告她师父，梨山老母说："金壁风来了，一定是他教人下的手，我们暂时不必计较，等他的阵摆好以后，我们去破他的阵好了。"

那天晚上，金壁风开始摆阵，在东南西北四个阵门上各挂了一把宝剑，教金鲤仙、黑鱼仙率领三百番兵把守南门；又教花凤仙率领三百番兵，镇守北门；花马仙、神犬仙镇守西门；老牛仙、野熊仙镇守东门。金壁风吩咐他们，各门如有神仙进阵，就祭起宝剑。妖仙们都分别领兵走了。然后教主又对黄眉童子说："麻烦你也跟我去一趟吧。"

黄眉童子说："我不会打仗，去干什么呢？"

"用不着你跟他们打，"教主说，"只要把宝袋扔到空中，收到他们的宝贝就好了。到时，我不但把宝剑给你，还可以给你很多别的宝贝。"

黄眉童子答应了，就跟他一起去把守阵中间。

樊梨花见对方的阵里射出万道豪光，知道已经摆好了阵，就去报告师父说："看样子，敌人的阵很厉害，师父一个人怎么能应付呢？"

梨山老母笑道："谁说我一个人？你瞧，"她指着天空说，"各位大仙不是都来了？"

樊梨花抬头一看，果然来了很多仙人，一一从空中落下，有的骑龙，有的骑凤，有的骑鹤，有的骑狮，有的骑牛，有的骑虎，第三个是轩辕老祖，接着是王敖老祖、王禅老祖、张果老、李靖、谢应登、张仙、孙膑、五元仙母、金刀圣母、桃花圣母，连梨山老母，共十二位大仙。

老祖大破诸仙阵

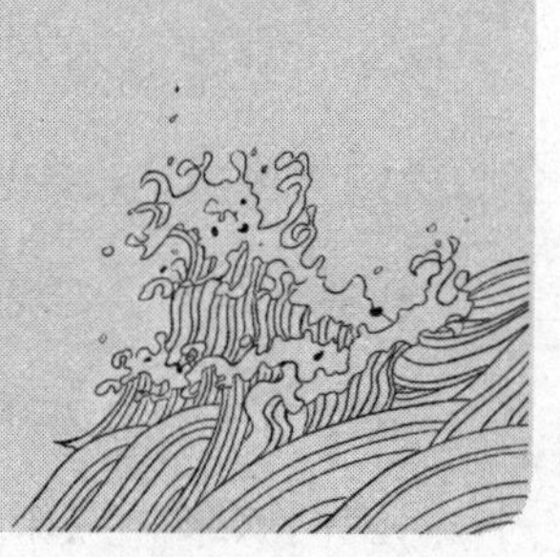

梨山老母跟樊梨花把各位仙人迎接到帐篷里坐下以后，说："金壁风听了徒弟的一面之词，摆下恶阵，跟我们斗法，我建议请轩辕老祖临时担任统帅，好发兵破阵，不知道大家的意见怎样？"

轩辕老祖一再推辞，但是经不住大家劝说，只好答应。樊梨花立刻送上帅印。

轩辕老祖接过帅印，向唐营不会法术的将官们看了一眼，说："他们不要去，免得白白牺牲。"然后开始发布命令：教梨山老母跟五元仙母带樊梨花，领兵亲进南阵，摘下挂在阵门上的宝剑，砍倒朱雀旗，到中央会合，两位仙母领兵走了；又教王敖、王禅两位老祖，带着秦汉、窦一虎，领兵杀进东阵，摘下宝剑，砍倒青龙旗，到中央会合，两位大仙领兵走了；又教张果老、李靖、谢应登、孙膑、张仙等五位大仙，领兵亲进西阵，摘下宝剑，砍倒玄武旗，到中央会合，五位大仙也领兵走了；又教武当圣母、金刀圣母、桃花圣母带陈金定、刁月娥、窦仙童三个去打北阵，摘下宝剑，砍倒玄黑旗，到中央会合，三位圣母也领兵走了。

轩辕老祖自己拿着一面黄旗，骑着青狮，去打阵中央。

梨山老母和五元仙母，杀到南阵，见阵门上的仙剑，飞进空中，向她们砍来。两个人的头顶上现出两朵金莲花，托住宝剑，五元仙母用手一招，接住飞来的宝剑。梨山老母砍倒朱雀旗，阵里杀出金鲤、黑鱼两妖仙，被两位仙母砍下鱼头，提在手里，杀往阵中央。

王敖、王禅两位老祖，杀到东阵，头上现出彩云，托住宝剑，王禅老祖摘了剑，王敖老祖砍倒青龙旗，带着秦汉、窦一虎杀了进去，野熊仙和老牛仙杀了出来，秦汉、窦一虎两个人接住，打了一会儿，两个妖仙不是对手，打算逃走，被两位老祖用手指一指，身子就定住，再也走不了。窦一虎上前绑住他们，然后一起杀往阵中央。

五位仙翁杀到西阵，各人头顶上现出金花，托住砍向他们的宝剑，孙膑摘了宝剑，张仙砍倒玄武旗，阵里杀出花马仙和神犬仙，被五位大仙用剑杀了，现出原形，原来是一只狗和一匹马，大家见了都大笑，然后一起去阵中央会合。

武当圣母等三位圣母，杀到北阵，摘下仙剑，砍倒黑旗，抓住花凤仙、野狐仙，到中央会合。

轩辕老祖正跟李道符斗法，李道符祭起神光珠，轩辕老祖拿出一个钵盂托在手掌心里。钵盂里射出一道金光，金光里出现一条金龙，把神光珠抓住。李道符知道自己不是对手，又见各位大仙从四面八方杀到中央，知道全阵已破，打算逃走。

金壁风见情形不利，教黄眉童子赶紧祭起宝袋。

黄眉童子大笑道："各位善男信女，看我的法宝来了。"说完，就祭起他的宝袋，把各位大仙连同他们的徒弟一起收到他的宝袋里去了，只走了轩辕老祖、李靖、孙膑、谢应登、梨山老母等五位大仙。

这时候，恰好唐僧师徒取经回来，在上空经过，忽然天一暗，伸手不见五指，孙悟空见师父、猪八戒和沙和尚都没了，喊了几声，没人答应，心里着急了，以为师父的灾难还没有满，见前头有一点儿光亮，就变成一只小昆虫，钻出去，一个筋斗到西天，拜见如来佛，问是怎么回事，教如来佛查一查。过了一会儿，弥勒佛上前说："我座下的黄眉童子偷了我的如意乾坤袋下凡，可能是他跟唐僧闹着玩儿。"如来佛教他赶紧去收回宝贝，放了唐僧。

弥勒佛就跟孙悟空一起驾云到西凉国的上空，向下一看，见黄眉童子正收回宝袋，弥勒佛扔下一串念珠，把宝袋收了回去，放出各位仙人和唐僧师徒。黄眉童子见主人来了，飞上云头叩头礼拜。

金壁风和李道符两个人气坏了，驾云上前，向弥勒佛喝道："你这胖和尚，为什么来管闲事，吃我一剑。"

恼了旁边的孙悟空，大喊："认不认得我齐天大圣，吃老孙一棒！"金壁风和李道府听说他是齐天大圣，知道他的厉害，化作两道金光走了。

弥勒佛教孙悟空跟他师父回大唐，他带着黄眉童子走了。唐僧师徒也走了。轩辕老祖等也都走了，只留下谢应登帮忙。

樊梨花回到大营，请师叔谢应登处理被抓住的妖仙。老牛精、花马精、神犬精、金鲤精、黑鱼精，鸡冠精都被杀死了，还剩下野熊、野狐、花凤、神龟四个妖仙，被捆仙绳捆着，跪在地上，向各位大仙苦苦哀求。

谢应登祭起诛妖剑，杀了野熊仙和野狐仙，神龟仙和花凤仙因为没有害人，就被放走了。

苏宝同、铁板道人和飞钹禅师，三个人逃走关里，太子急得不知道如何是好，苏宝同只教太子小心守关，让他们再想对付唐兵的办法。

当天晚上，樊梨花教秦汉、窦一虎两个人到关里去做内应。两个人进关，抓住太子，绑了送回大营，再到关里去，打开关门，放唐兵进关。

窦仙童遇上苏宝同，薛金莲遇上飞钹禅师，陈金定遇上铁板道人，六个人打了几十个回合，不分胜负，苏宝同三个人没有心思打，化作长虹逃走，没想到谢应登在云头上，祭起定光珠，把三个人打落在地，被窦仙童用捆仙绳捆了。谢应登祭起诛仙剑，把苏宝同、铁板道人、飞钹禅师三个人杀了，然后也告别走了。

元帅把西凉国太子绑了，放在军队的前头，杀向西凉国。

西凉国王得到唐兵绑了太子杀来的报告，急得晕了过去。过了半天才被救醒，问大家有没有对付唐兵的办法，没有一个人开口。最后丞相雅里上前建议投降，把责任都推在苏宝同身上。

西凉国王没有办法，只好接受了这建议，写了降书，教雅里送去给樊梨花。樊梨花不敢做主，教罗章带了降书去白虎关，向唐高宗请示。

罗章到了白虎关，向唐高宗报告最近的战事经过，并且呈上西凉国王的降书。

唐高宗听了很高兴，教征西元帅班师，带西凉国王君臣来白虎关。

罗章回到大营，报告元帅经过。元帅派人去跟西凉国王说，大唐皇帝已经答应他们投降，要他去白虎关朝见。

西凉国王自然很高兴，亲自迎接元帅跟唐营的将官们进城，摆酒席招待他们。

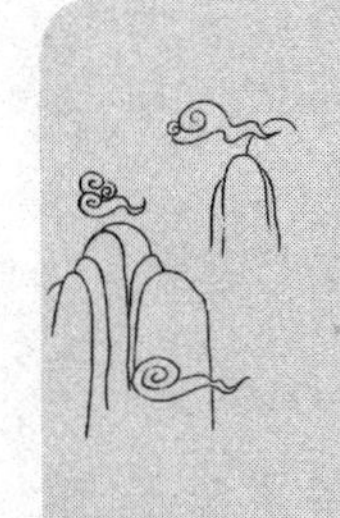

薛丁山胜利班师

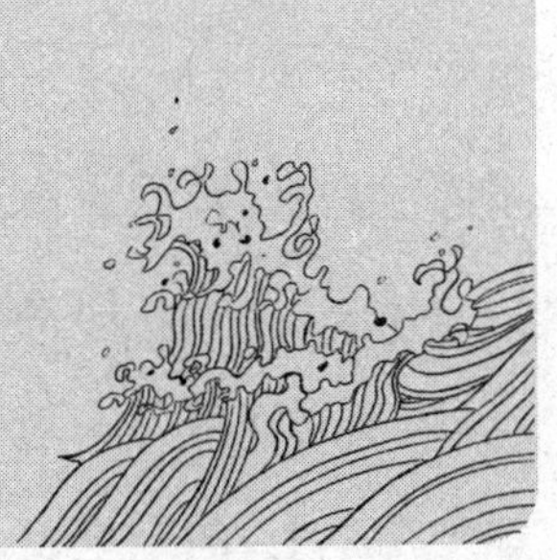

第二天，元帅下令班师，兵士们离家很久，听说要回国，都很高兴。

大军一路经过玉龙、铜马、金牛等关，到离白虎关不远的地方，早有人去报告唐高宗，唐高宗教程咬金出关迎接。

元帅跟大小将官们，由程咬金陪着进关拜见了唐高宗。西凉国王君臣也拜见了唐高宗。西凉国王说："我因为听了奸臣的话，得罪了天朝，现在苏宝同已经死了，我愿意献上整个西凉国，希望您饶了我跟西凉国的老百姓。"

唐高宗说："你既然知道自己的错处，过去的事就不必再提了，现在我跟你们约好，从此以后，沙江以东都由大唐管，沙江以西仍旧归你。以后如果你们再企图侵犯，就不能再原谅了。"

西凉国王叩谢以后，带了文武大臣和太子回本国去了。

第二天，唐高宗封窦一虎为镇国候，封薛金莲为一品夫人，镇守白虎关；封秦汉为定西侯，封刁月娥为一品夫人。秦汉夫妇不愿意做官，要回山修道，唐高宗留不住他们，只好让他们走了。

休息了几天，唐高宗下令班师，到寒江关，樊梨花去见她母亲，薛丁山请岳母一起去中原，老夫人答应了，就准备了车子，请她坐在车上，向东进发。

到界牌关的时候，唐高宗对薛丁山说："我要先走了，你把你父亲的灵柩运到长安以后，再运往山西安葬。"

唐高宗走了以后，薛丁山夫妻去见他母亲，柳老夫人问他们："你妹妹呢，怎么没有回来？"

薛丁山说妹夫奉旨镇守白虎关，薛金莲也留在那儿了。老夫人心里很难过，不知道哪一天能再见到女儿跟女婿。薛丁山一再劝解，老夫人没有办法，只好跟儿子、儿媳，在薛仁贵的棺前叩拜了一番，然后一起扶柩回长安。

到了长安，薛丁山夫妇把薛仁贵的灵柩暂时停在庙里，然后去朝见唐高宗。

唐高宗封薛丁山为两辽王，封他的儿子薛勇为汉州总兵，第二个儿子为红罗总兵，第三个儿子为登州总兵，第四个儿子薛强为雁们总兵，大夫人窦仙童为定国夫人，二夫人陈金定为保国夫人，三夫人樊梨花功劳最大，加封威宁侯、一品夫人。薛仁贵追谥文定侯，柳氏、樊氏都被封为一品太夫人。

薛丁山父子谢恩出朝，所有各家的功臣，都到薛府拜贺。薛丁山一一回拜。不久，王府建造好了，薛丁山选了一个好日子，一家搬进王府居住。

薛勇、薛猛，都向祖母、父母告别，到自己的任所上任去了。

一天，薛丁山对薛强说："我在西凉的时候，曾在房州许过愿，你三哥喜欢喝酒，脾气不好，我怕他在路上生事，打算把他留在长安，你去雁门上任，要经过房州，你给我去一趟房州，还一下愿好了。"

薛强答应，拜别祖母和父母，带了几个家将走了。

薛丁山想起父亲的骸骨还没有安葬，心里很不安，第二天向唐高宗请求，准许他请假，送父亲的灵柩去山西安葬。

唐高宗答应了他的请求，给他三年假，假满以后再回长安。薛丁山谢恩出朝，在午门口见到程咬金，对他说："老千岁，我有一件事麻烦你。我要送父亲的灵柩去山西安葬，我只留梨花跟第三个儿子薛刚在这儿。薛刚喜欢喝酒，脾气很坏，我担心他在这儿闹事，希望你多管教管教他。"程咬金一口答应。薛丁山道谢以后，回府跟樊梨花、薛刚讲了，让他们遇到什么困难多跟程咬金商量，母子俩都答应了。

过了几天，薛丁山就跟两位太夫人、两位夫人，扶柩出京去山西。唐高宗教文武百官一直送到城外十里的地方，才互相告别。

“中国古典小说·青少版”丛书由台湾东方出版社股份有限公司授权

上海九久读书人文化实业有限公司联合人民文学出版社共同策划